Goosebumps®

Goosebumps®

Goosebumps®

雞皮疙瘩 22

狼人皮

Werewolf Skin

R.L. 史坦恩（R.L.STINE）◎著

孫梅君◎譯

致台灣讀者

讀者們，請小心……

我是R．L．史坦恩，歡迎到「雞皮疙瘩」的可怕世界裡來。

你是否曾在深夜裡聽到過奇怪的嚎叫？你是否曾在黑暗中聽到腳步聲——卻根本看不到人？你是否見過神祕可怖的陰影，幽幽暗處有眼睛在窺視著你，或者身後有聲音叫你的名字？

如果是這樣，你應該了解那種奇特的發麻的感覺——那種給你一身雞皮疙瘩、被嚇呆的感覺。

在這些書裡，幽靈在閣樓上竊竊低語；膽顫心驚的孩子忽而隱形；稻草人活了，在田野裡走來走去；木偶和布娃娃也有生命，到處嚇人。

當然，這些都是磨礪心志的好玩的嚇人事。我希望你們感到害怕，同時也希望你們大笑。這都是想像出來的故事。當然，最可怕的地方在你們自己心裡。

過個害怕的一天吧！

Goosebumps 雞皮疙瘩

出版緣起

人生從奇幻冒險開始

何飛鵬
城邦媒體集團首席執行長

我的八到十二歲是在《三劍客》、《基度山恩仇記》、《乞丐王子》中度過的。可是現在的小孩有更新奇的玩具、電玩、漫畫，以及迪士尼樂園等。

八到十二歲，正是孩子從字數極少、以圖畫爲主的繪本閱讀，跨越到漸漸以文字閱讀爲主的時期。也正是訓練孩子從圖像式思考，轉變成文字思考的重要階段。在這個階段，養成長期的文字閱讀習慣，能培養孩子敘事、分析、推理的邏輯思辨能力，奠定良好的寫作實力與數理學力基礎。

然而，現在的父母擔心，大環境造成了習於圖像、不擅思考、討厭文字的一代。什麼力量能讓孩子重回閱讀的懷抱呢？

全球銷售三億五千萬冊的「雞皮疙瘩」，正是爲了滿足此一年齡層的孩子的需求而誕生的！

無論是校園怪奇傳說、墓地探險、鬼屋驚魂，或是與木乃伊、外星人、幽靈、吸血鬼、殭屍、怪物、精靈、傀儡相遇過招，這些孩子們的腦袋裡經常出現的角色或想像，經由作者的生花妙筆，營造出一個個讓孩子們縱橫馳騁的魔幻時空、光怪陸離的神奇異界，經歷各種危急險難，最終卻又能安全地化險爲夷。這樣的冒險犯難，無論男孩女孩，無不拍案稱奇、心怡神醉！

本系列作品被譯爲三十二種語言版本，並在全球數十個國家出版，創下了出版史上多項的輝煌紀錄，廣受世界各地孩子的喜愛。作者史坦恩表示，這套作品之所以成功，是因爲多年的兒童雜誌編輯工作，讓他對兒童心理和兒童閱讀需求有了深刻理解——他知道什麼能逗兒童發笑，什麼能使他們戰慄。

我們誠摯地希望臺灣的孩子也能和世界上其他的孩子一樣，有更豐富多元的閱讀選擇。更希望藉由這套融合驚險恐怖與滑稽幽默於一爐，情節緊湊又緊張的「雞皮疙瘩系列叢書」，重拾八到十二歲孩子的閱讀興趣，從而建立他們的閱讀習慣，擁有一個快樂學習的童年。

現在，我們一起繫好安全帶，放膽體驗前所未有的驚異奇航吧！

專文推薦

戰慄娛人的鬼故事

廖卓成
國立臺北教育大學語文與創作系兒童文學教授

這套書很適合愛看鬼故事的讀者。

文學的趣味不止一端，莞爾會心是趣味，熱鬧誇張是趣味，刺激驚悚也是趣味。有人擔心鬼故事助長迷信，其實古典小說中，也有志怪小說一類，《聊齋誌異》就有不少鬼故事。何況，這套書的作者開宗明義的說：「這都是想像出來的故事」，不必當眞。

既然恐怖電影可以看，看鬼故事似乎也無妨；考試的書讀久了，偶爾調劑一下，對頭腦卻是有益。當然，如果看鬼片會連續失眠，妨害日常生活，那就不宜勉強了。

雋永的文學作品，應該有深刻的內涵；但不少兒童文學作品說教有餘，趣味不足。只要有趣味，而且不是害人爲樂的惡趣，就是好的作品。鮑姆（Baum）在《綠野仙蹤》的序言裡，挑明了他寫書就是爲了娛樂讀者。

倒是內行的讀者，不妨考校一下自己的功力，留意這套書的敘事技巧，由主角「我」來講故事，有甚麼效果？書中衝突的設計與化解，是否意想不到又合情合理？能不能有不同的設計？會不會更好？這是另一種引人入勝之處。

導讀

結局只是另一場驚嚇的開始

耿一偉
臺北藝術節藝術總監
臺北藝術大學戲劇系兼任助理教授

不知道大家還記不記得，小時候玩遊戲，比如捉迷藏等，都會有一個人要當鬼。鬼在這個遊戲中很重要，沒有鬼來捉人，遊戲就不好玩。這些遊戲的關鍵特色，不是人要去消滅鬼，而是要去享受人被鬼追的刺激樂趣。所以當鬼捉到人後，不是遊戲就結束，而是下一個人要去當鬼。於是，當鬼反而是件苦差事，因爲捉人沒有樂趣，恨不得趕快找人來替代。所以遊戲不能沒有鬼，不然這個遊戲就不好玩了。

在史坦恩的「雞皮疙瘩系列」中，這些鬼所扮演的角色也是類似遊戲中的鬼，給我帶來閱讀與想像的刺激。各位讀者如果留意一下，會發現在他的小說中，都有一個類似的現象，就是結局往往不是一個對抗式的終局，一種善惡誓不兩立，以消滅魔鬼爲最終目標的故事——這比較是屬於成人恐怖片的模式，不是你死，就是人類全部變殭屍。但「雞皮疙瘩系列」中，你的雞皮疙瘩起來了，可是結尾的時候，鬼並不是死了，而是類似遊戲一樣，這些鬼換了另一種角色，而且有下一場遊戲又要繼續開始的感覺。

礙於閱讀的樂趣，我無法在此對故事結局說太多，但各位看完小說時，可以再回想我在這裡說的，就知道，「雞皮疙瘩系列」跟遊戲之間，的確有類似性。換另一個角度來看，這些主角大多爲青少年，他們在生活中碰到的問題，如搬家面對新環境、男生女生的尷尬期、霸凌、友誼等，都在故事過程一一碰觸。

「雞皮疙瘩系列」令人愛不釋手的原因，也在於表面上好像主角是鬼，但讀到一半，你會感覺到，故事的重點不知不覺地從這些鬼怪轉移到那些被追的青少年身上，鬼可不可怕不是重點，重點是被追的過程中，一些青少年生活中的苦悶，也被突顯放大，甚至在故事中被解決了。所以你會在某種程度感受到，這本書的內容是在講你，在講你的生活，在講你的世界，鬼的出現，只是把這些青春期的事件給激化了。

另一個有趣的現象，是從日常生活轉入魔幻世界的關鍵點，往往發生在父母不在身邊，然後主角闖入不熟識空間的時候——比如《魔血》是主角暫住到姑婆家、《吸血鬼的鬼氣》是闖入地下室的祕道、《我的新家是鬼屋》是新家的詭異房間……等等。

因為誤闖這些空間，奇怪的靈異事件開始打斷平凡無趣的日常軌道，一段冒險展開了，一場你追我跑的遊戲開始進行，而父母們往往對此毫無所悉，不知道自己的兒女在故事結束時，已經有所變化，變得更負責任，更勇敢。

「雞皮疙瘩系列」的意義，也在這個地方。在平凡無奇充滿壓力的青春期校園生活中，有那麼多不快樂、有那麼多鬼怪現象在生活中困擾著我們，但這無法跟家長說，因為他們不能理解，他們看不到我們看到的。但透過閱讀，透過想像力所引發的鬼捉人遊戲，這些不滿被發洩，這些被學校所壓抑的精力被釋放了。

幸好有這些鬼怪的陪伴，日子不再那麼無聊，世界可以靠自己的力量改變。

終究，在青少年的世界裡，鬼怪並不是那麼可怕，在史坦恩的小說中，也往往會有主角最後拯救了這些鬼怪的情形，彷彿他們不是惡鬼，而比較像誤闖人類世界的外星人……這也是青少年的焦慮，他們正準備降臨成人世界，這件事讓他們起了雞皮疙瘩！！

這句英文怎麼說

幾件行李？
How many suitcases?

1.

我走下巴士，瞇著眼睛迎視陽光，並抬起一隻手遮擋光線，在小小的停車場上搜尋著瑪塔阿姨和柯林姨丈。

我已經不記得他們長什麼樣子，從我四歲起——也就是八年前，就不曾見過他們了。

不過野狼溪鎮的巴士站非常小，它只是停車場中央一間小小的木棚屋，我應該不會錯過他們才對。

「幾件行李？」巴士司機吼著問我。

雖然是在十月的冷天裡，他灰色的制服背上仍有一塊濕透的汗漬。

「只有一件。」我是唯一在野狼溪下車的乘客。

從巴士站望出去，我看見一個加油站，還有一排小店。在那之外，我看見一片樹林，林中的樹木閃著黃棕色的微光，秋天的殘葉仍然掛在枝頭，褐色的枯葉在停車場上翻飛著。

司機哼了一聲，拉開行李廂的拉門，拖出一個黑色旅行箱。

「這是你的嗎？孩子。」他問道。

「是的，謝謝。」我點了點頭。

一陣冷風吹來，我不禁打了個寒顫。

爸媽不曉得有沒有替我帶夠衣服，他們替我打包的時候是那麼的匆促。

他們沒料到會在萬聖節前夕被派到國外出差，兩人得飛到法國，還要找個地方讓我待上兩個星期，或者更久。

於是，我的阿姨和姨丈幸運中獎！

我調整一下背在肩上的照相機袋子。一路上，我都把照相機放在腿上，不想讓它在行李艙裡顛來顛去。

這台照相機是我最寶貴的東西，不論到哪兒都隨身帶著，很少讓它離開我的

這句英文怎麼說

有人來接你嗎？
Someone picking you up?

視線。

司機先生把我的旅行箱推到人行道這頭，砰的一聲關上行李廂後，逕自走回車上。

「有人來接你嗎？」

「有。」我一邊回答，一邊再度搜尋著瑪塔阿姨跟柯林姨丈。

忽然，一輛濺滿污泥的藍色廂型車發出尖銳的嘎吱聲，駛入停車場，響了幾聲喇叭。我看見前座窗戶伸出一隻手向我揮舞著。

「他們來了！」我對司機先生說。但他早已爬回車上、關上車門，接著巴士發出嘶嘶的吼聲，便開走了。

「艾力克斯——嗨！」瑪塔阿姨從車裡喊道。

我提起行李，快步向他們跑去。廂型車嘎吱一聲停住，柯林姨丈從駕駛座上爬出來，瑪塔阿姨則從另一邊跑了過來。

我完全不記得他們了。我想像他們應該很年輕，有著深色的頭髮……但是他們看起來都相當老了，而且兩人都又高又瘦。

當他們快步越過停車場向我走來時，不禁讓我聯想起兩隻頭上長著一叢灰毛的瘦削蚱蜢。

瑪塔阿姨擁抱了我，我感覺到她的手臂全是骨頭。

「艾力克斯——見到你眞是太好了！我眞高興你來了！」

她興奮的喊道，很快又把我放開，退後一步。

「啊……哦！我壓壞你的照相機盒子了！」

我把掛在脖子上的帶子移動了一下。

「沒有，那是個硬盒子，沒事的。」我回道。

柯林姨丈微笑著跟我握手，捲曲的灰髮在微風中飄動，紅紅的臉頰上有些紋路——我猜那是皺紋吧！

「你都長這麼大了……」他說道，「以後我得叫你杭特先生，而不是艾力克斯了。」

我笑了起來。

「沒人叫我杭特先生……還沒有。」我對他說。

這句英文怎麼說

聽起來像是趟愉快的旅程！
Sounds like a fun trip.

「搭了這麼久的巴士，一切都還好吧？」他問道。

「巴士很顛，」我對他說，「我想司機先生沒有錯過半個坑洞，而坐在我旁邊的那個人一路上都在打嗝。」

瑪塔阿姨咯咯笑了起來。

「聽起來像是趟愉快的旅程！」

柯林姨丈低下視線，看著我的照相機盒。

「你喜歡拍照嗎？艾力克斯。」

我點點頭。「是呀！我以後想當個攝影師，跟你們一樣。」

他們笑得更開心了，這似乎讓他們很高興。

但是，柯林姨丈的微笑很快就從臉上消失了。

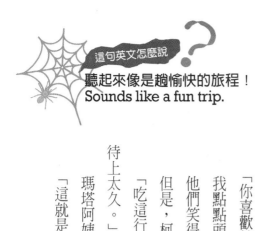

「吃這行飯十分辛苦，」他說，「得常常出門旅行，從來沒法在同一個地方待上太久。」

瑪塔阿姨嘆了一口氣。

「這就是爲什麼我們這麼多年都沒能見到你的原因。」說完，她又擁抱了我一下。

「我希望或許能和你們一起出去拍照，我打賭你們一定可以教我很多。」

柯林姨丈笑了起來。

「我們會把所有的看家本領全都教你。」

「你至少會在這兒待上兩個禮拜，」瑪塔阿姨也說，「所以我們會有充裕的時間給你上攝影課。」

「如果我們一直杵在停車場上，那可就沒時間啦！」柯林姨丈說道。他哼了一聲，把我的行李抬上廂型車的後車箱。

接著我們爬進車內。幾秒鐘後，我們便駛離了巴士站，進入市區。

一間郵局從路旁閃過，接著是一間小雜貨店和乾洗店。過了一條街後，兩邊都是濃密的樹林環繞著我們。

「市區就只有這樣嗎？」我喊著問道。

「艾力克斯，」瑪塔阿姨回答，「你剛剛已經環遊野狼溪鎮一周了。」

「待在一個這麼小的鎮上，但願你不會感到無聊。」柯林姨丈接著說。

這句英文怎麼說

我們會把所有的看家本領全都教你。
We'll teach you all our secrets.

道路在樹叢間蜿蜒著，他開著廂型車曲曲折折的行進。

「才不會呢！」我喊道，「我迫不及待要到樹林裡探險了！」

我是個在城市長大的孩子，平時就連摸摸樹木的機會都很少。我想，進到樹林裡一定會很有趣——就像是探訪另一個星球！

「我要在樹林裡拍掉一百捲底片！」我宣告著。

廂型車顛簸得很厲害，我的頭不時撞到車頂。

「慢一點，柯林！」瑪塔阿姨責備道，接著轉向我說：「你姨丈只會用一種速度開車——光速。」

「提到光，我們要教你一些戶外攝影的技巧。」柯林姨丈說道，同時更用力的踩著油門。

「我報名參加一項攝影比賽，」我對他們說，「我要拍張很棒的萬聖節照片，一張難得一見的照片來贏得比賽。」

「呀——是噢，再過幾天就是萬聖節了，」瑪塔阿姨說著朝姨丈瞥了一眼。

她轉向我說：「你萬聖節要扮成什麼？艾力克斯。」

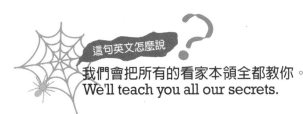

我想都不用想，在家的時候就決定好了。

「我要扮成狼人。」我對她說。

「不！」她頓時尖叫道。

柯林姨丈也大喊一聲。

廂型車衝過一個暫停號誌，我從座位上飛了起來，重重的撞上車門。我無助的盯著上下晃動的擋風玻璃，看著我們的車歪向一輛呼嘯而來的大卡車。

這句英文怎麼說

我想是一時閃神了。
Guess I just was not concentrating.

2.

「哎呀——」

那是「我」在尖叫嗎？

我們的車搖晃得很厲害，我又被彈了起來，接著膝蓋著地摔了下來。

柯林姨丈猛轉方向盤，把車駛向長滿青草的路肩。

我看見一團模糊的紅色光影，聽見卡車從旁邊駛過，喇叭憤怒的鳴響著。

柯林姨丈減緩車速，把車停在樹下。他滿是皺紋的臉變得通紅，雙手將濃密的灰髮往後拂去。

「柯林，怎麼回事？」瑪塔阿姨輕聲問道。

「對不起……」他喃喃說道，接著深深吸了一口氣。「我想是一時閃神了。」

瑪塔阿姨發出嘖嘖兩聲。

「差點把我們害死。」她從前座轉過身來凝視著我。「艾力克斯……你還好吧？」

「嗯，我沒事，我沒想到這兒會這麼刺激！」我想開個玩笑，但聲音卻有點顫抖。

照相機盒子掉在地上，我把它撿了起來，打開盒子檢查一下相機——看起來似乎還好。

柯林姨丈發動車子，駛回路上。

「很抱歉，」他喃喃說著，「我會更加小心的，我保證。」

「你又在想馬林夫婦了，是不是？」瑪塔阿姨責備他。「當艾力克斯說到狼人時，你就想起了他們，於是……」

「別說了，瑪塔！」柯林姨丈氣沖沖的打斷她，「現在別談他們，艾力克斯才剛到，我們都還沒回到家，妳就想嚇壞他嗎？」

「怎麼回事？馬林夫婦是什麼人？」我靠上前去追問道。

這句英文怎麼說

你為什麼要嚇唬他？
Why do you want to scare him?

「沒什麼！」柯林姨丈嚴厲的回道，「靠回去坐好。」

「他們是無關緊要的人……」瑪塔阿姨一邊說，一邊轉向擋風玻璃。「嘿，我們快到家了。」

天色緩緩暗了下來。

幾棵老樹伸展到狹窄的道路上，枝葉遮蔽了陽光。

樹木自我們身邊飛掠而過，我看著紅黃相間的模糊光影，心中苦苦思索。

阿姨和姨丈的行爲舉止實在有點古怪……

我納悶當瑪塔阿姨提到馬林夫婦時，姨丈爲什麼要對她發火。

「這裡爲什麼叫『野狼溪』？」我問道。

「因爲『芝加哥』這個地名已經有人用了。」瑪塔阿姨開玩笑說道。

「樹林裡曾經有野狼出沒。」柯林姨丈輕聲解釋道。

「曾經有！」瑪塔阿姨喊道。接著她放低聲音，但是我仍然能聽見她的話。「柯林，你爲什麼不把眞相告訴艾力克斯？」

「別說了！」他咬著牙關，再度喝止她：「妳爲什麼要嚇唬他？」

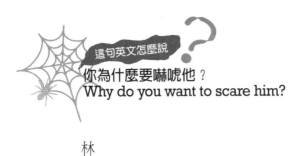

瑪塔阿姨轉頭望著窗外，我們靜靜的行駛了一會兒。

道路轉了個彎，一個小小的圓環映入眼簾。圓環裡有三間房屋，幾乎緊連著並排在一起，我可以看見樹林在屋子後面延伸著。

「那就是我們的房子——中間那棟。」柯林姨丈指著那間房屋說道。

我從車裡向外望去——那是一間四方形的白色小屋，立在一片最近才修剪過的整齊草坪上；右側是一棟長形的牧場式低矮平房，黑色的百葉窗拉了下來，整間屋子灰濛濛的。

左邊的那棟房子幾乎完全隱沒在蔓生的灌木叢中，斑駁的前院冒出一叢叢高高的雜草，一根斷落的樹幹橫躺在車道中央。

柯林姨丈把廂型車駛上中間那棟屋子的車道。

「房子很小，但我們也不常在家。」他說道。

瑪塔阿姨嘆了一口氣，說：「總是在旅行。」

「有個很好的女孩住在隔壁，」她轉向我說道，並指著右邊那棟牧場式平房。

「她今年十二歲，跟你一樣大是不是？」

這句英文怎麼說

總是在旅行。
Always traveling.

我點點頭。

「她的名字叫做漢娜，長得很可愛。你該跟她交朋友，免得寂寞。」

可愛？

「這附近有其他男孩子嗎？」我問道。

「我想沒有，」瑪塔阿姨回道，「抱歉啦！」

姨丈把廂型車停在車道頂端，我們下了車。我伸伸懶腰，感覺全身肌肉都在痠痛，因爲我整整坐了六個多小時的車！

我望了望右邊灰色的木瓦房子。

漢娜的家……不知道她會不會跟我成爲朋友。

柯林姨丈從後車箱取出我的行李。

我轉向左邊那棟房子。

眞是破爛極了！屋裡、屋外一片漆黑，有些窗板已經掉落下來，門前的走廊也有一部分塌陷進去。

我穿過車道，往那間詭異的破敗房子走近幾步。

「是誰住在這兒？」我問瑪塔阿姨。

「別靠近那兒，艾力克斯！」柯林姨丈猛然尖聲喊道，「不要問關於他們的問題！離那棟屋子遠一點！」

這句英文怎麼說

不要問關於他們的問題！
Don't ask questions about them!

3.

「冷靜點，柯林，」瑪塔阿姨對姨丈說，「艾力克斯不會到那兒去的。」

接著她又轉向我。

「馬林夫婦住在那間屋子裡，」她放低聲音說道，並將一根指頭貼在唇上。「別再問問題了……好嗎？」

「別靠近那兒就是了，」柯林姨丈咆哮道，「過來幫我把車上的東西搬下來。」

我對那間破敗的房子投以最後一瞥，便快步過去幫柯林姨丈的忙。

我們沒花多少時間就卸好行李。瑪塔阿姨領我進到客房，柯林姨丈則在廚房裡爲我們準備火雞三明治。

我的房間又小又窄，大概只有我家的壁櫥那麼大。小小的衣櫃裡滿是樟腦丸

的氣味，但是瑪塔阿姨說，只要我們把櫃子門和窗戶開著，這氣味很快就會散去。

我走過窄小的房間，將窗戶打開，發現它正對著隔壁的馬林家——一輛鐵鏽斑斑的手推車歪倒在馬林家側邊的牆上，所有窗戶都黑漆漆的，覆蓋著一層厚厚的灰塵。

我瞇著眼睛望進對面的窗戶，心裡想著柯林姨丈咆哮的警告聲。

他爲什麼這麼擔心馬林這家人？

我拉開窗戶，轉過身來對著瑪塔阿姨，她正把我最後一件T恤放進衣櫃最上面的一層抽屜裡。

「房間很小，但我想你在這兒會很舒服的，艾力克斯。我把書桌上的雜物都清乾淨了，這樣你就有地方寫家庭作業了。」

「家庭作業？」我喊了出來。

接著，我想起自己答應待在野狼溪的這幾個星期中，要到當地學校上學的。

「星期一早上漢娜會帶你去學校，」瑪塔阿姨對我說，「她也念六年級，而且會照應你的。」

這句英文怎麼說

她也念六年級。
She is in sixth grade too.

我不願去想到一個陌生的學校上課這件事，我拿起了照相機。

「我等不及要到樹林裡拍照了。」我對阿姨說。

「吃過午飯再去好嗎？」她建議道，並理理灰白的頭髮，領著我穿過短短的走廊來到廚房。

「都安頓好了嗎？」柯林姨丈問道。他正把柳橙汁倒進三個杯子裡，三明治已經在廚房的小圓桌上擺好了。

在我還沒回答之前，我們便聽見後門響起了敲門聲。瑪塔阿姨開了門，一個跟我年紀差不多的女孩走進來——是漢娜。

漢娜長得高高瘦瘦的，比我高個一、兩吋。瑪塔阿姨說的沒錯，漢娜長得滿可愛的，她蓄著黑色的直髮，橄欖綠的雙眸笑起來很好看。她穿著一件綠色的大毛衣，罩在黑色的緊身褲上。

瑪塔阿姨替我們介紹，我們彼此說了一聲「嗨」。

我最怕認識新朋友了，那讓我覺得很尷尬。

瑪塔阿姨問漢娜想不想吃塊火雞三明治。

「不，謝謝，」漢娜回答，「我已經吃過午飯了。」

我喜歡她的聲音——低沉而沙啞，有點粗粗的。

「艾力克斯才剛搭巴士過來，」瑪塔阿姨對著漢娜說，「所以我們今天才這麼晚吃午飯。」我幾秒鐘內就狼吞虎嚥的把三明治解決掉了，我都不知道自己原來這麼餓了。

「漢娜，妳何不和艾力克斯到樹林裡探險呢？」柯林姨丈提議著，「他是個城市小孩，妳得告訴他樹是長什麼樣子！」

每個人一聽都笑了起來。

「我在電影裡看過很多樹！」我開玩笑說道。

漢娜有種很棒的沙啞笑聲。

「我要拍好多、好多照片。」我抓起照相機盒子對她說。

「你喜歡攝影呀？」漢娜問道，「就像你阿姨和姨丈一樣？」

我點點頭。

「希望你有帶彩色底片，現在秋天的黃葉眞是美極了。」

這句英文怎麼說

你喜歡攝影？
You are into photography?

我們向柯林姨丈和瑪塔阿姨道了再見，便步出前門。

午後火紅的太陽正慢慢地沉落到樹後頭，將我們投映在草地上的影子拉得又瘦又長。

「嘿──你踩到我的影子啦！」漢娜露齒而笑的抗議道。她揮出一條腿，讓她的影子踢到我的影子。

「哇！」我大喊一聲，揮動拳頭，朝她的影子打了一拳。

我們就這樣拳打腳踢，打了一場痛快的影子戰。最後，她用雙腳重重蹬在我的影子上，我倒在地上，讓自己的影子倒臥在草地上，像暈死過去似的。

當我坐起來時，漢娜正仰起頭來哈哈大笑，黑色的直髮亂紛紛的在臉頰旁邊飄拂。

我從盒子裡取出相機，很快的給她拍了一張照片。

她忽然止住笑意，用兩手理了理頭髮。

「嘿──你幹嘛這樣？」

我聳聳肩回道，「只是想拍妳呀！」

我站起身來，把照相機舉到眼前，再轉過身把相機對著隔壁的馬林家。我往屋子走近幾步，試著把它裝進鏡頭裡。

「嘿——」當漢娜抓住我的手臂時，我不禁喊了出來。

「艾力克斯——別拍！」她用一種帶有喉音的耳語警告我：「他們會看見你的！」

「那又怎樣？」我回她一句。但是當我看見黑暗的前窗裡有個東西在移動時，不禁打了個冷顫。

是什麼人在盯著我們嗎？

我放下了照相機。

「走吧，艾力克斯。」漢娜拉著我往後走。「你到底要不要去林子呀？」

我抬起眼睛看著馬林家。

「當我問起這間屋子時，我姨丈爲什麼那麼不高興？」我問漢娜，「這到底有什麼大不了的？」

「我也不太清楚，」她放開我的手臂，回道：「馬林家據說是一對古怪的老

這句英文怎麼說

我們到樹林裡去吧。
Let's go to the woods.

夫婦，我從來沒見過他們，但是……聽過關於他們的故事。」

「什麼樣的故事？」我追問。

「可怕的故事。」她低聲道。

「不，妳說清楚，到底是怎樣的故事？」我堅持道。

漢娜並沒有回答。她瞇起那雙橄欖綠的眼睛，看著那破爛的門廊，還有斑駁褪色的屋瓦。

「我們離那兒遠一點就是了，艾力克斯。」

她沿著屋子側邊跑了起來，往後院跑去。但我並沒有跟上去，反而跨過車道，踩進馬林家前院高高的草叢裡。

「艾力克斯——停下來！你要上哪兒去？」漢娜喊道。

我把照相機提在腰間，快步朝屋子走去。

「我是個城市小孩，」我對漢娜說，「不會那麼容易被嚇著的。」

「艾力克斯，拜託……」漢娜懇求道：「馬林夫婦不喜歡小孩，他們不喜歡任何人走近他們家。拜託，我們到樹林裡去吧。」

我小心翼翼的踏上前門走廊朽壞的地板，抬眼看著前窗。

窗玻璃上映著火紅落日的倒影，在一瞬間，看起來像是窗戶著火似的。

我不得不移開目光。

接著，當日光從窗玻璃上退去，我再度將視線轉回時，不由得大吃一驚！

只見屋子裡的幾片窗簾都破爛不堪，像是曾被某種動物撕扯過，扯成了碎片……

這句英文怎麼說

我不想到那兒去。
I don't want to come over there.

4.

「漢娜……妳看見了嗎？」我驚訝的喊道，無法將目光從那被扯成碎片的窗簾上移開。

她站在車道另一頭，背靠著我阿姨家的屋子。

「我不想到那兒去。」她輕聲說道，兩手交抱在胸前。

「但是那窗簾……」我還想往下說。

「我告訴過你他們很古怪，」漢娜嚴厲的說道，「而且他們不喜歡小孩子在窗口東張西望。走吧，艾力克斯。」

我轉身離開馬林家的屋子，鞋子卻被破爛走廊上一塊突起的地板卡住，差點跌倒。

「你到底要不要去樹林那邊呀？」漢娜不耐煩的問道。

「對不起，」我把鞋子拉出來，跟著她往屋子後方走去。「再跟我說些關於馬林家的事。」

我一邊說，一邊小跑步追上她。

「告訴我一些妳聽到的可怕故事。」

「不要。」她用那帶著氣音的聲音說道。

我們快步走過阿姨家的後院。樹林裡那些高高的、紅黃相間的樹木，在午後的陽光下投射出傾斜的陰影，伸展到平整的草坪上。

「拜託啦！」我懇求她。

「也許過幾天吧，等過了萬聖節……」漢娜回答，「等到滿月以後。」

我循著漢娜的目光望向天空。一輪皎潔的明月——幾乎像顆網球一樣圓——升到樹梢上，雖然現在還是白天。

漢娜顫抖了一下。

「我討厭滿月。一旦過了滿月，我就會很開心。」

這句英文怎麼說

樹本來就是活的。
Trees are alive.

「爲什麼？」我追問道，「滿月有什麼大不了的？」

她又回頭望了望馬林家的房子，但是並沒有回答。

我們穿過樹叢，往前走去，逐漸減弱的陽光從樹葉間透灑下來，在地上投射出閃爍的光點。我們的鞋子踩在細枝和枯葉上，發出輕微的斷裂聲。

我發現一棵盤根錯節的老樹，像個老頭似的彎著腰；樹皮坑坑疤疤、佈滿紋路，就像老人褐色的皮膚一般，粗大的灰色樹根從泥土裡冒了出來。

「哇！好酷哦！」我一邊喊道，一邊從盒子裡取出相機。

漢娜笑了起來。

「你眞是個城市小孩。」

「但是──妳看這棵樹！」我大聲喊道：「它就像……就像是活的似的。」

漢娜又笑了起來。

「樹本來就是活的，艾力克斯！」

「妳知道我的意思。」我咕噥道。

我對著這棵彎腰的老樹猛按快門，並退後幾步，靠在一棵傾斜的樺樹上，想要讓那棵老樹看起來像是個老人。

接下來，我繞著那棵樹走來走去，拍下它的皺褶及紋路。

我拍下一根垂到地上的纖細樹枝，它看起來就像是條疲憊的手臂；還有樹根從地下伸出地面，宛若骨瘦如柴的雙腿。我跪在地上，將它攝入鏡頭。

一陣輕微的嗡嗡聲引得我抬起頭察看——原來是一隻蜂鳥盤旋在開著小花的草叢上。我轉過身來，想把這隻小鳥兒捕捉入鏡。

但是那蜂鳥的速度太快了，在我按下快門之前，便一溜煙的飛走了。

我爬起身來。漢娜盤腿坐在地上，用手揉搓著枯葉。

「那隻蜂鳥難道不知道夏天已經結束了嗎？」我喃喃說道。

她面無表情的看著我，彷彿忘了我也在那兒似的。

「噢……對不起，艾力克斯，我沒看見……」她說著站了起來。

「要是一直往下走，會走到哪兒？」我指著樹林深處問道。

「會走到野狼溪，」她回答。「我下次會帶你到溪邊，但是我們最好往回走了，

那隻蜂鳥難道不知道夏天已經結束了嗎？
Doesn't that hummingbird know summer is over?

我們得在太陽下山之前離開樹林。

我突然想到柯林姨丈跟我提過的野狼──就是野狼溪因而得名的野狼。

「那些曾經住在這片樹林裡的野狼，」我說，「牠們全都不在了……是不是？」

漢娜點點頭說：「是的，牠們全都不在了。」

接著突然響起一聲尖銳的號叫──聲音如此的接近，就在我身後、又高又尖的狼號。

我嚇得張開嘴巴，放聲尖叫。

5.

我跌跌撞撞的倒在那棵樺樹上，照相機撞上了樹幹，但是並沒有掉下去。

「漢娜——」我說不出話來。

只見她的眼睛張得大大的，滿是訝異。

就在她回答之前，兩個男孩從一叢高高的冬青樹後跳了出來。他們仰起頭來，像狼一般的號叫著。

「嘿——你們這兩個傢伙！」漢娜喊道，臉上露出厭惡的表情。

兩個男孩又矮又瘦，都有著黑色直髮和深褐色眼睛。他們號叫夠了，便盯著我瞧，眼光惡狠狠的，就像餓狼一般。

「我們嚇著你了嗎？」其中一個男孩嘲笑道，深色的眼珠閃著興奮的光芒。

這句英文怎麼說

你們的臉會讓我作惡夢。
Your faces give me nightmares!

他穿著一件深咖啡色毛衣，罩在黑色的牛仔褲上，脖子上還圍著一條長長的紫色羊毛圍巾。

「你們兩個老是嚇我！」漢娜開玩笑說：「你們的臉會讓我作惡夢！」

另一個男孩穿著寬鬆的灰色運動衫，還有一條拖到地上的寬鬆卡其褲。他把頭往後甩，又發出一串尖銳的狼號。

漢娜轉身向我解釋。

「他們是我班上的同學，那個是史恩．凱納，」她指指那個圍著紫色圍巾的男孩。「另一個是阿鈞．柯斯拉。」

「阿鈞？」我好不容易才唸出這個名字。

「這是個印地安名字。」他解釋道。

「漢娜跟我們說過你會來。」史恩咧嘴笑道。

「你是個城市小孩，是不是？」阿鈞問道。

「嗯，對……我來自克利夫蘭。」我低聲說道。

「那你覺得野狼溪怎麼樣？」阿鈞問道。這聽起來不像是個問題，倒像是種挑釁。

兩個人都用深色的眼睛盯著我瞧，他們仔細研究著我，彷彿我是某種奇怪的蘑菇似的。

「我……我才剛到這兒。」我結結巴巴的說。

他們對望了一眼。

「關於這座樹林，有些事情你應該要知道。」史恩說道。

「像是什麼？」我問。

他們指著我的腳下。

「像是你不該踩在一大叢毒藤上！」

「什麼？」我往後一跳，緊緊盯著地面。

兩個人霎時笑了起來。

根本就沒有什麼毒藤！

「你們兩個就跟狗吐出來的東西一樣有趣。」漢娜輕蔑的說。

「妳是該知道沒錯，因爲妳就是吃那個當早餐的！」史恩回答。

這句英文怎麼說

他們對望了一眼。
They exchanged glances.

說完又和阿鈞大笑起來，高舉手掌互擊了一下。

漢娜嘆了一口氣。

「眞是無聊當有趣。」她翻翻白眼，嘀咕了一聲。

不知爲何，這使得兩個男孩再度號叫了起來。

當他們停止笑聲，史恩伸手往我的相機抓來。

「我可以看看嗎？」

「嗯……」我退後幾步，對他說：「這台相機很貴，我眞的不想讓任何人碰它。」

「噢——很貴！」他揶揄道。「這是紙糊的嗎？讓我瞧瞧！」他又伸手抓向我的照相機。

「替我照張相！」阿鈞要求我，並用兩根手指把嘴唇拉開，伸出了舌頭。

「你這樣好看多了！」漢娜對他說。

「替我照張相！」阿鈞又說了一次。

「放過艾力克斯吧！」漢娜厲聲斥責道，「離他遠一點，你們兩個。」

阿鈞佯裝一副很受傷的樣子。「他爲什麼不肯幫我拍照？」

「因爲他不拍野獸的照片！」漢娜譏諷道。

史恩哈哈大笑，接著一把將相機從我手上搶走。

「嘿——別這樣！」我懇求道。

並伸手去抓相機，卻沒抓到。

史恩把照相機丟給阿鈞，阿鈞把相機舉了起來，假裝要拍漢娜。

「妳的臉把鏡頭弄破了。」他喊道。

「我要打爛你的臉！」漢娜威脅道。

「這台相機眞的很貴，」我又說了一次，「如果出了什麼差錯……」

漢娜從阿鈞手裡搶過相機，把它交還給我。

我緊緊抱著相機。

「謝謝。」

兩個男孩脅迫似的向我走來，深色的眼睛閃閃發光。看著他們走近，臉色如此猙獰，眼神如此冰冷，不禁又讓我聯想起兩頭野獸。

這句英文怎麼說

這台相機真的很貴。
It's a really expensive camera.

「別招惹他！」漢娜斥責他們。

「我們只是在開玩笑，」阿鈞回答，「不會弄壞他的相機的。」

「是呀，我們只是跟他開開玩笑，」史恩也說，「你有什麼意見嗎？」

「沒有。」我回答，仍然緊緊抱著相機。

阿鈞抬起頭來，看著逐漸變暗的天空。

透過樹木的縫隙，我只能看見一片灰色。

「時候不早了……」阿鈞低聲咕噥著。

史恩的笑容也跟著消失了。「我們快離開這兒。」他的眼睛梭尋著樹林四周。

樹影變深了，空氣也變得寒冷一些。

「他們說林子裡有某種野獸亂跑。」阿鈞輕聲說道。

「阿鈞——拜託一下。」漢娜翻翻白眼，哼了一聲。

「不，是真的。」阿鈞堅持道，「有某種動物扯掉了一隻鹿的頭，整整齊齊的扯掉。」

「是我們親眼看見的，」史恩跟著說道，他深色的眼睛在逐漸變暗的光線下，興奮得閃閃發光。

「好噁心，好恐怖！」

「那頭鹿的眼睛往上瞪著我們……」阿鈞又說，「一堆蟲子從牠撕裂開的脖子裡爬出來。」

「好噁！」漢娜喊道，一隻手捂住嘴巴。「這都是你們編出來的——對不對？」

「不，才不是。」史恩抬起頭來望著月亮。

「月亮就要圓了，滿月會讓所有奇怪的動物從躲藏的地方跑出來……」他繼續說道，聲音好輕，只比耳語聲大一點點。「尤其是在萬聖節，而今年的萬聖夜剛好會是滿月。」

我打了個冷顫。

脖子後面感到有些刺痛，突然覺得渾身發冷。

是因爲風嗎？

還是史恩說的那些嚇人的話？

這句英文怎麼說

我們野狼溪狼人已經夠多了。
We have enough werewolves in Wolf Creek.

我想像那顆鹿頭躺在地上，想像牠那閃亮的黑眼睛毫無生命力的往上瞪視。

「妳萬聖節要扮成什麼？」阿鈞問漢娜。

她聳聳肩回道：「我不知道，還沒決定。」

他又轉向我。

「你決定要扮什麼了嗎？艾力克斯。」

「嗯，我要扮成狼人。」我點頭回道。

阿鈞幾近無聲的倒抽一口冷氣。

兩個男孩對望了一眼。

他們的笑容頓時從臉上消失，臉色變得十分嚴肅。

「怎麼了？」我問道。

沒有人回答。

「嘿——怎麼回事？」我又問一次。

阿鈞低頭看著地上。

「我們野狼溪狼人已經夠多了……」他低聲咕噥道。

「你是什麼意思？」我喊道，「告訴我，你們兩個……你這麼說是什麼意思？」

但是他們並沒有回答，反而轉身跑進林中消失了。

這句英文怎麼說

你煮的湯最好喝了。
You make the best soup!

6.

瑪塔阿姨邀請漢娜留下來吃晚飯。我們四個人擠在小小的餐桌上，每個人都盛了一大碗熱騰騰的雞湯。

「妳煮的湯最好喝了。」漢娜對瑪塔阿姨說。

瑪塔阿姨笑了起來。少許湯汁滴到她的下巴上，她伸手去拿餐巾。

「謝謝妳，漢娜，我只不過是把所有找得到的材料都丟進去罷了。」

「抱歉我們回來晚了，」我說，「我忘記時間了。我真不想離開樹林，那裡好有趣哦！」

柯林姨丈把視線移向廚房的窗口，抬眼看著上升的月亮，接著又放低目光，凝視著隔壁馬林家的屋子。

「我給一棵樣子好特別的樹拍了照，」我對他說，「上面滿是皺紋，又彎著腰，就像個老頭一樣。」

柯林姨丈沒有回答，他的眼光仍然定定的看著窗外。

「柯林，艾力克斯在跟你說話。」瑪塔阿姨責怪他。

「什麼？噢……」他轉身面向桌子，搖了搖頭，彷彿要甩開心中的思緒。「對不起，你剛才說什麼？」

我又對他說了一遍關於那棵老樹的事。

「我來幫你沖洗那些照片，」他提議道，「也許明天吧。我把閣樓的小浴室改裝成暗房了，我們實在需要一間大一點的房子，尤其是最近有這麼多工作在進行。」

「你們現在都在拍些什麼？」我問。

「夜裡出沒的動物。」他回答，視線再度飄向窗外。我順著他的目光，凝視著馬林家的後窗，仍是一片漆黑。

「我們在拍攝夜行性動物，」瑪塔阿姨解釋道，「就是只會在夜晚裡才出來

這句英文怎麼說

我來幫你沖洗那些照片。
I'll help you develop these shots.

的動物。」

「妳是說像貓頭鷹嗎？」漢娜問道。

瑪塔阿姨點點頭。

「我們在樹林裡發現一些很棒的貓頭鷹，是不是？柯林。」

柯林姨丈自窗口移回目光，滿月的銀光傾瀉在窗玻璃上。

「夜行性動物並不喜歡被拍照，」他說著舀起一塊胡蘿蔔，慢慢咀嚼著。「牠們不喜歡被打擾。」

「有時候我們得在一個地方等上好幾個小時，」瑪塔阿姨也說，「等待牠們從地下的洞穴探出頭來。」

「我可以找天晚上跟你們一起去嗎？」我熱切的問道，「我發誓會很安靜的，眞的。」

柯林姨丈吞下一大塊雞肉。

「這個主意不錯，」他說著，但表情緊接著變得很嚴肅。他又說：「也許等過了萬聖節。」

我轉過頭，看見瑪塔阿姨往外凝視著馬林家的屋子。

「月亮還很低，」她若有所思的說，「但是今晚的月光好亮。」

「外頭簡直像白天一樣亮……」柯林姨丈說。但那快速閃過他臉上的表情代表著什麼？是恐懼嗎？

阿姨和姨丈今天晚上的言行舉止好奇怪，他們顯得十分緊張。

他們爲什麼一直盯著窗外？他們預期馬林家會發生什麼事？

我再也憋不住了。

「一切都好嗎？」我問他們。

「好？」柯林姨丈瞇著眼睛望著我，「我想……」

「你們兩個想好萬聖節的服裝了嗎？」瑪塔阿姨轉換話題問道。

「我想我今年會再扮一次海盜吧。」漢娜回答。她已經喝完巧克力牛奶，正在舔著杯緣的巧克力糖漿。

「妳知道的……我會用一條大花手帕綁在頭上，一隻眼睛上戴個眼罩。」

「柯林和我也許有些有趣的舊衣服可以給妳穿，」瑪塔阿姨提議道，又轉向

這句英文怎麼說

我幾乎和一個真正的狼人面對面。
I'd be nearly face-to-face with a real werewolf.

我說：「那你呢？艾力克斯。」

我還是想扮狼人，但我記得上次告訴瑪塔阿姨和柯林姨丈我要扮狼人時，柯林姨丈差點把他的車子撞爛！

所以我微笑了一下，靜靜的對他們說：「也許我也來扮個海盜吧。」

我舀起剩下的一點雞湯。

但我料想不到在幾個小時之後，當月亮爬到天頂時，我幾乎和一個眞正的狼人面對面！

7.

漢娜回家之後，我回到小臥室裡稍稍整理一下房間，把衣服全部塞進衣櫃抽屜裡。

我並不是世界上最整潔的人，事實上——我是個邋遢鬼！但是，我知道如果我讓雜物在這間小房間裡堆積，我會沒辦法找到任何東西的。

我在書桌前坐下，寫了一封短信給爸媽。我告訴他們我一切都好，並寫道：

當他們從法國回來時，我至少會有一千張很棒的照片可以秀給他們看。

當我寫好地址時，還不覺得睏。但無論如何，我還是應該上床睡覺了。

我正要走到衣櫃去拿睡衣，卻在窗前停下了腳步。

我凝視著窗外一抹昏黃的橘色燈光，那是從馬林家側面的窗戶裡投射出來的

這句英文怎麼說

我並不是世界上最整潔的人。
I'm not the neatest person in the world.

燈光！

那光線在兩棵傾斜的大樹之間閃爍著，樹上的葉子在風中顫動。

屋子一樓靠近後院的地方，透出一塊長方形的橘色燈光。

那是臥室的窗戶嗎？

我往窗玻璃貼近了些，瞇起眼睛望進一片黑暗中，凝視著那塊昏暗的長方形橘色燈光。

我會看見馬林家的人嗎？

我屏住呼吸等待著，而且並沒有等太久。

當一個側影掠過隔壁的窗戶時，我不禁喘了一口大氣。

那是一道灰色的身影，映在橘色的長形燈光中。

那是人嗎？

我無法確定。

側影移動著，我看出那是頭動物。

不！那是個人……

是馬林先生嗎？

我靠在窗玻璃上，專注的凝視著。

那是一條大狗嗎？還是人？

我沒辦法看清楚，側影便從窗戶中移開了。

接著我聽見一聲又尖又長的獸號，號聲從隔壁窗子飄送出來，飄過與我們屋子之間的狹窄空間。

尖銳的動物號叫湧進我的房間，在我四周迴盪著。

多麼邪惡、可怕的叫聲呀！一半像人，一半像野獸，是一種我從未聽過的號叫聲。

霎時，一股寒氣滑下我的背脊，接著又是另一股……

又是一聲號叫，讓我倒抽了一口冷氣。

我凝視著窗外，看見那個側影回到窗口——那是一隻動物，頭往後仰，張開大嘴，發出如此可怕的獸號。

我得拍張照片……

這句英文怎麼說

多麼邪惡、可怕的叫聲。
Such an ugly, frightening sound.

我對自己說。

我得拍下這隻號叫野獸的側影……

我快速轉身，離開窗口，穿過狹窄的房間往衣櫃衝去拿我的相機。

但是……我的相機呢？

相機不見了！

8.

「不——」我發出一聲驚愕的呼喊。

我雙手狂亂的在書桌上摸索。

是我把相機放在那兒……我知道我放在那兒的。

但桌上沒有……沒有相機！

我掃視了一遍房間，由於剛剛才整理過，每樣東西都歸定位了。我看看書桌，又瞧瞧衣櫃，還是沒看到相機的蹤影。

沒有相機……我雙膝跪地，搜尋著床底下，還是找不著相機。

我又爬到櫥櫃旁邊，拉開櫃門，在櫃子裡尋找著。

在我找尋相機的時候，又是一聲狼號傳進我的房間，而且比先前更高亢、更

這句英文怎麼說

我把相機放在那兒的。
I left the camera there.

尖銳。

接著，我聽見兩聲號叫一齊響了起來，那尖銳的號叫混合成一種奇異而刺耳的和聲。

是馬林先生和馬林太太嗎？

當我爬起身來，聽見一種木頭摩擦著木頭的聲音。

是開窗的聲音。

我聽見「砰」的一聲，是腳步重重落在地上的聲音。

接著又聽見低低的呼嚕聲，還有沉重的腳步聲……而且，那腳步聲就在我的房間外面！

我衝回窗邊，往外面望去。這時的我已經上氣不接下氣，心臟怦怦直跳。

太遲了！已經人去樓空了。

外面漆黑一片，從馬林家窗口射出的橘色燈光已經熄滅了，那屋子再度籠罩在黑暗中。

黑色的樹影映在藍黑色的天空中，不住的搖曳、抖動；樹葉泛著銀光，在明亮的月色下閃閃發亮。

我向外凝望了好一會兒，等待心臟不再狂亂跳動。我側耳傾聽，留意那尖銳的狼號和沉重的腳步聲。

但是現在一片寂靜。

我的照相機……

我勉強自己離開窗口，匆匆跑出房間，穿過短短的走廊來到客廳。

當我和漢娜從樹林裡回來的時候，會不會把相機留在那兒了？

可是沒有……連個影子也沒有。

我又檢查了廚房——同樣沒有！

「瑪塔阿姨！柯林姨丈！」我呼喊著他們，聲音比我想像中要來得微弱。

我又跑回走廊，越過我的房間、浴室和毛巾櫃，他們的房間在走廊尾端。

「你們有沒有看見我的照相機？」我喊道。

我推開他們臥室的門，裡頭一片黑暗……黑暗而空蕩。

接著我聞到瑪塔阿姨的花香香水，還有沖相片藥水的刺鼻味。

這句英文怎麼說

我聞到瑪塔阿姨的花香香水。
I could smell Aunt Marta's flowery perfume.

我突然明白他們到樹林裡去拍攝動物了，只留下我一個人在屋裡。

我深深吸了一口氣，屏住氣息。

冷靜下來，艾力克斯。

我命令自己。

你完全沒事的，你很安全……

一旦冷靜下來，你就會找到照相機的。它也許是在一眼就可以望見的地方，但是因爲你太緊張、太慌亂了，所以視而不見……你得冷靜下來！

我又深深吸了一口氣，終於覺得平靜一點了。

關上瑪塔阿姨和柯林姨丈的房門，我穿過走廊往回走。

在我走向房間的途中，聽見輕輕的摩擦聲，接著是重重的腳步聲。

我僵立在原地傾聽著。

又是腳步聲……重重的落在地上。

這聲音是從哪兒來的？

樓上嗎？

沒錯。

我抬頭凝視著低矮的天花板，又聽見一聲摩擦的聲音，接下來是更多的腳步聲。

我明白了——牠們在閣樓上！

無論發出號叫聲的動物是什麼——牠們就在這屋子裡！

9.

這句英文怎麼說

我得離開這兒！
I've got to get out of here!

我退後幾步靠在牆上，渾身抖個不停，並用力嚥著口水，側耳聆聽頭頂上沉重的腳步聲。

我得離開這兒……我得離開這間屋子！

得去通知柯林姨丈和瑪塔阿姨！

但此刻我的雙腿就像果凍一樣軟趴趴的，眞不知道自己走不走得動。

我搖搖晃晃的走了一步，再踏出一步……接著聽見樓上傳來另一種聲音。

我停下腳步，靜靜聽著。

那是哼歌的聲音嗎？

是有人在哼歌曲嗎？

我振奮一下精神，抓起通往閣樓的門把，拉開門，朝著樓梯上大喊。

「誰在上頭？是誰？」

「是我，艾力克斯！」一個熟悉的聲音自上頭傳來。

「漢娜……」我的聲音哽咽著，抬頭凝望著閣樓。「妳……妳在上頭做什麼？」

「你阿姨沒跟你說我又來了嗎？」漢娜喊道。

「沒有，她沒說。」我回道。

「她說閣樓上有些舊衣服，也許可以充當萬聖節的服裝，所以我就回來看看。」

她的頭出現在樓梯頂上。

「你怎麼看起來這麼奇怪？」

「我……我還以爲……」我正要開口，話卻卡在喉嚨裡。

我爬上了樓梯。

「不——」漢娜喊道，「別上來！」

這句英文怎麼說

我沒穿衣服。
I'm not dressed.

我在第三級樓梯上停了下來。

「怎麼啦？」我問道。

「我沒穿衣服……我正在試穿你阿姨的東西，」她解釋著，並朝我笑笑，「而且我要給你一個驚喜。這兒有些好棒的舊東西，你阿姨和姨丈年輕時的打扮一定很古怪。」

她的頭從我視線中消失了。

我聽見樓上傳來衣服的窸窣聲。

於是，我走下樓梯。

「嘿──妳知道我的相機在哪兒嗎？」我問漢娜，「屋子裡我到處都找遍了，但是……」

「噢，不！」漢娜呻吟道。

她的頭又出現了，但這次臉上並沒有笑容。

「怎麼了？」我朝上對她喊道。

「你的照相機……艾力克斯，你想你會不會把它留在樹林裡了？」

我倒抽了一口氣。

「我不知道，我以爲……」我的聲音拖得長長的，胃部突然有種翻攪、沉重的感覺。

「史恩和阿鈞離開的時候，你還拿著它，」漢娜接著說，「但是當我們回到家時，我不記得你有帶著它。」

「噢，哇！」我搖搖頭。「我得去把它拿回來，漢娜，我不能把它留在樹林裡過夜。」

「不——艾力克斯，聽我說，你不能到那兒去。」

「我一定得去！」我喊道。

「但是晚上樹林裡很不安全，」她反對道，「那裡眞的很危險。」

我轉身跑下走廊，披上夾克後，在門邊櫥櫃的地板上找到一支手電筒。我測試了幾次，光束穩定而明亮。

「我幾分鐘後就回來。」我對漢娜喊道。

「不——拜託，艾力克斯！」我聽見她喊道，「聽我的話，今晚不要到樹林去！

這句英文怎麼說

但是晚上樹林裡很不安全。
But the woods are not safe at night.

我穿好衣服，等等我——好嗎」

但我不能把照相機留在樹林裡任由它遭受毀損。

接著前門在我身後闔上，我踏進了月光中。

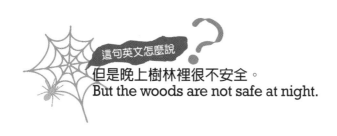

10.

我沿著屋子側邊快步往後院跑去。沉甸甸的烏雲掩蓋著月亮，夜晚的空氣比我想像中要冷，而且潮濕。我一邊跑，一邊拉上羽絨夾克的拉鍊。

當我跑過馬林家時，忍不住朝那屋子瞥了一眼。

但什麼也沒瞧見。後窗大開著，屋子整個暗暗的，沒有半盞燈是亮著的。

露水濃重，使得草地又濕又滑，一滴冷颼颼的東西濺到我的額頭上。

是雨水嗎？

我想到照相機還在樹林裡，不禁呻吟了出來。那相機真的非常昂貴，我祈禱能在降雨前找到它。

幾隻小動物靜靜的從我腳邊跳過，我停下腳步。

這句英文怎麼說

至少我走的是對的方向。
At least I am heading in the right directions.

不，不是動物，是碩大的枯葉。它們被陣陣旋風推趕著，在黑暗的草叢上倉皇翻滾。

我低頭避開一根樹枝，進入院子後面的樹林裡。林中的老樹顫抖著，發出吱嘎吱嘎的聲音。

遠處傳來貓頭鷹「呼呼」的啼聲，讓我想起瑪塔阿姨和柯林姨丈——他們此時正帶著照相機在樹林裡某個地方工作，不知道會不會遇上他們。

我沿著曲折的小徑穿過樹叢，又是一滴雨水重重落在我的頭頂上；接著雨點紛紛灑落在地上。

當那棵彎腰的老樹映入眼簾時，我停下了腳步。它就是下午我和漢娜在一起時拍攝的那棵老樹，我用手電筒照著它彎曲的樹身。

「至少我走的是對的方向。」我喃喃說道。

我踩到一根掉落的樹枝，往樹林更深處走去。樹木開始發出斷斷的聲音，樹葉在逐漸轉強的風中搖動，我仍然能聽見遠處貓頭鷹「呼呼」的啼叫聲。

手電筒光線變暗一下，接著又亮了起來，投射出的稀薄光環爲我在樹叢間照出一條路來。

「找到了！」

當那光束掃過我的照相機盒子時，我不禁喊出聲來——原來我把它擱在一個平坦的樹樁上了。

我怎麼會把它忘在那兒呢？

我開心的喊了一聲，再把它拾了起來。

這一刻我眞的很想擁抱它，也很高興相機失而復得。

我在手電筒的光線下翻轉著相機，仔細檢查著，並將沾在盒子頂上的幾滴雨水抹去，再把它夾在胳臂底下，往家裡走去。

這時雨停了，至少這會兒不下了。

於是我開心的哼著歌，想要一路雀躍的走回家。

這台相機對我而言比什麼都重要，我對自己發誓，再也不會把它遺落在任何地方了。

然而，一聲憤怒的咆哮打斷了我的哼唱。

這句英文怎麼說

我怎麼會把它忘在那兒呢？
How could I have forgotten it there?

是野獸的咆哮聲，一種凶猛而低沉的吼叫。

我的手電筒不禁掉在地上。

那野獸又吼了一聲。

牠在哪兒？牠是打哪兒來的？

不料——就在我的身後！

11.

我彎腰抓起手電筒，突然覺得膝蓋痠軟，一陣驚恐的寒氣襲遍全身。

我聽見野獸響亮的呼嚕聲，接著又是一聲怒吼。我強迫自己移動，告訴自己必須離開這兒。

一叢濃密的灌木矗立在我眼前，我抱緊照相機盒子，急速衝向樹叢後面，跪坐在地上。

我躲在灌木叢後面，努力調勻呼吸，好讓心臟不再在胸腔裡怦怦亂跳。

隔著灌木叢濃密的枝葉，我看不見任何東西，但聽見了野獸的呼嚕聲和咆哮聲。我將身子伏得更低一些，希望樹叢能把我完全遮蔽住，也希望牠不會聞到我的氣味。

這句英文怎麼說

我閉上眼，想像正在我眼前發生的事。
I shut my eyes, picturing what was happening right in front of me.

我聽到沉重的腳步猛然落地的聲音，接著又是一聲尖銳的怒吼，像是攻擊時的吼叫聲。

一聲受驚的咩叫響了起來，好尖細、好微弱。那是一聲驚恐的叫喊——很快就被切斷，嘎然而止。

我斜靠在灌木叢中，雙腿顫抖不已，全身都在發抖，耳中聽見掙扎的聲音。那聲音好接近、好接近，我覺得自己只要站起身來，伸手就可以摸到那攻擊者和牠的獵物。

聲音是如此接近，我聽得見每一聲呼嚕、每一聲驚恐的咩叫。

再來又是砰的一聲、一聲咆哮……又是一聲微弱、無助的咩叫。

接著是響亮的撕裂聲，還有潮濕的咀嚼聲，下顎開闔的聲音，以及更多快速的咀嚼聲、打飽嗝的聲音……再來又是一陣撕裂聲。

我閉上眼，想像正在我眼前發生的事。

我聽見砰的一聲，接著就是一片寂靜。

風的嘶嘶聲似乎更響了一些。

一陣嘶嘶聲……接著便靜默下來。

我張開眼睛，顫抖著站起身來。

接下來，我聽見沉重的腳步聲，樹枝和枯葉在沉重的腳步下霹啪作響。

那腳步聲快速的接近，朝我這邊過來。

來找我了！那頭野獸……那頭飢餓的野獸……正朝著我奔來。

「噢……」我的喉嚨裡發出一聲驚恐的低喊。

我緊緊抱著相機盒子，轉身離開那叢灌木，拔腿就跑。我聽見後頭有野獸呼嚕的聲音，還有沉重的喘氣聲。

我並沒有回頭看，直接跑進樹林的深處。但我聽見右手邊有潺潺的溪水聲。

是野狼溪嗎？

我沒有停下腳步去看。

當我倉皇跑過樹叢時，一根樹枝刮到我的臉頰，臉上感到一陣疼痛。

我舉起一隻手臂，邊跑邊護住自己。

我盲目的奔跑著，在黑暗中奔跑著……

這句英文怎麼說

那怪物還在追我嗎？
Was the creature still chasing me?

我的手電筒呢？

噢，不……我把它留在灌木叢那兒了。

但這時它對我是沒有用處的。因爲我跑得太快，根本沒辦法依循路徑前進。

我伏低肩膀，快速穿過一片高高的蘆葦叢；蘆葦莖彈了回來，濕漉漉的打在我的身上。

突然間，我絆到了一顆半埋在土裡的大石頭，狼狽地滑了一跤，只能勉強維持住平衡。

我跳過一根突出的樹根，繼續往前跑。在粗重的喘氣聲中，我側耳聆聽，留意背後是否還有沉重的腳步聲，以及野獸的號叫聲。

那怪物還在追我嗎？

我抓住一根平滑潮濕的樹幹，停下了腳步。我抱著樹幹，掙扎著讓雙腿不要癱軟下去，掙扎著調勻呼吸。

接著轉身往後望去——什麼也沒有。

沒有咆哮，沒有呼嚕聲，也沒有腳步重重落在地上的聲音。

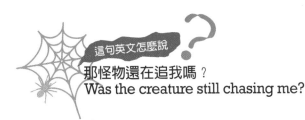

我大口大口吸著氣，胸中的肺像在燃燒，嘴巴也好乾，幾乎沒辦法嚥口水。

我沒事了……

我對自己說。

我安全了——至少現在是。

當我往幽深的黑暗中望去，卻見怪獸從後面向我襲來！

這句英文怎麼說

我拍掉頭髮上的小樹枝。
I shook twigs from my hair.

12.

「啊呀——」

我驚駭萬分的呻吟一聲後，跌倒在地。接著轉過頭來，面對攻擊我的東西。

沒人在那兒，什麼也沒有……

「啊？」我不禁驚異萬分的喊了一聲。

我慌忙爬起身來，看見打到我後腦勺的是什麼東西。

原來是個鳥巢——一個風乾的破鳥巢！它一定是從我頭頂的樹枝上掉下來的，也許是被風吹落的。

「噢……哇！」我拍掉頭髮上的小樹枝，再把相機盒夾在腋窩底下，環顧四周。

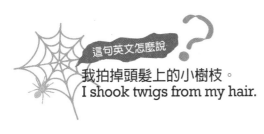

我現在在哪兒？

頭頂上的樹木傾斜著，好像彼此依偎在一起似的；高高的蘆葦叢邊有一堆低矮的石墩。

我知道自己迷路了。

我抬頭凝望著天空——沒有月亮，月亮和星星都被濃密的雨雲遮擋住了。

我該怎麼回去呢？

我瞇眼望著漆黑的夜色，想要搜尋出一條道路，找出任何我能辨識的東西。

但……什麼也沒有。

我心想，如果我能找到那條小溪，也許就能回到我發現照相機的地方。

但是小溪在哪個方向呢？

我完全分不清東南西北了。

我打了個冷顫，一滴寒冷的雨點打在我夾克的肩上，我不禁跳了起來。

剛剛那個鳥巢讓我對天上掉下來的東西都很害怕！

我該怎麼辦呢？

這句英文怎麼說

我抬頭凝望著天空。
I gazed up at the sky.

腦筋發狂似的轉動著，想要想出個辦法來。

我該出聲求救嗎？

喊我的阿姨和姨丈？

如果我喊得夠大聲，也許他們能聽見我。

但是不行！

如果我大喊，那野獸——那號叫的怪物——會先聽到我的。

牠仍在搜尋我的蹤影嗎？

牠仍在附近嗎？

我決定還是不要出聲呼救。

但我該怎麼辦？怎麼辦呢？

先朝一個方向走去嗎？

不管怎樣就是一直往前走？

不行！

我想起自己讀過的一本書，有個人在沙漠裡迷路，他想要沿著一直線往前

走，但他其實是在兜圈子。他繞了又繞，卻不知道自己是在兜圈子，直到他在沙地上看見自己的腳印！

於是我決定也許該等到太陽出來再說。在這樣的黑暗中，我是不可能找到回去的路的；等到天亮以後，就會容易多了。

我並不喜歡在樹林裡過夜，但是待在這兒，直到我能看清楚自己是往哪兒走的，似乎是個好主意。

然而這時，我聽見一陣嘩啦啦的聲音，感覺到雨點又重重落了下來。那是極爲寒冷的凍雨，被陣陣強風吹得搖曳不定。

我知道，我不能待在這兒。

我得趕緊回家。

我走了又走，想要依循來時的腳步回去。當我終於來到曾經藏身的那叢灌木時，不禁鬆了一口氣；而且在那也發現了我的手電筒，我趕緊用空著的那隻手緊緊握著它。

接下來要往哪兒走呢？

這句英文怎麼說

我胡亂猜了一個方向。
I took a guess on which direction to go next.

我胡亂猜了一個方向，低下頭來頂著雨，又往前走去。

不到一分鐘後，我突然被什麼東西絆倒。

一種軟軟的東西……

我雙膝著地，回過頭來看看是什麼東西絆倒我。

一看之下，不禁嚇得喊了出來。

13.

我手中的手電筒顫抖著，抖動的燈光照出一幅醜陋的畫面。

我張口結舌的看著一隻動物的屍體——不，是兩隻！

兩隻動物……

我看不出來這是什麼動物，牠們都被撕成碎片了。完完全全被撕得粉碎！

我想起先前聽見的撕裂聲，就是這些動物被撕成碎片的聲音，胃腸頓時翻攪不已。

這是什麼野獸做的呢？

哪種野獸會如此孔武有力，能把其他動物撕成碎片呢？

一股寒氣滑下我的背脊，我勉力站了起來，強迫自己移開目光。

這句英文怎麼說

這是什麼野獸做的呢？
What kind of animal did this?

雨水傾瀉而下，我把相機盒子罩在夾克底下，拔腿狂奔起來。

我得遠離這醜惡的景象。

我能夠忘掉這一幕嗎？

狂風吹得雨水在我四周飄灑，我覺得自己好像在海浪之間奔跑似的，但是我不能停下腳步。

內心的恐懼促使我一直跑下去，那凶殘的野獸仍然潛伏在樹林裡，仍在附近某個地方號叫著、狩獵著。

我的球鞋濕透了，在潮濕的爛泥中蹣跚滑行。

我不確定自己跑了多久，直到幾乎衝進小溪裡，我才停下腳步。雨點打在水面上，小溪裡濺起水花，打在低矮的岸邊。

我掉轉方向，沿著小溪跑著，覺得比較安心一些。過了一會兒，我發現一條狹窄的道路，穿過傾斜的樹叢。

我跑上那條小徑。

它能帶我走出樹林嗎？

我總得試試看。

雨勢減緩一些，變成啪答啪答的小雨。當我沿著那條曲折的小徑跑著，球鞋深深陷進爛泥中。

很快的，我來到那棵彎腰老樹的所在地點。

「太棒了！」我不禁喊出來。「太棒了！」

我興奮的在空氣中揮舞拳頭。

就快要到家了！

我加快腳步，幾分鐘後跑出了樹林，衝進阿姨和姨丈家的後院。

我太開心了！簡直想要飛起來！

我等不及要進入溫暖的屋子，等不及要脫掉我身上濕透的衣衫，換上乾淨的衣物。

但是我在後院中央停了下來，注視著手電筒射出的黃色光圈，看著潮濕草地上那些奇怪的腳印。

深深的、凹陷的腳印，直直通往馬林家的後院。

這句英文怎麼說

我朝光圈彎下身子，想要看得清楚些。
I bent into the light to see them better.

我朝光圈彎下身子，想要看得清楚些。

這並不是人類的腳印，它們比人類的腳印或鞋印要長得多、寬得多，形狀也大不相同。

是動物的足印！

我把光束舉在身前，追蹤著那些足印，跟著它們穿過草地，越過馬林家雜草叢生的後院。

當我看清楚那些奇怪的足印是通往哪兒時，不禁停下了腳步。

那些足印筆直通向馬林家臥室敞開的窗戶……

14.

第二天早晨，當我走進廚房要吃早餐時，瑪塔阿姨正在講電話。

她背對著我站在櫥櫃前，但是當我向柯林姨丈道早安時，她轉過身來，憤怒的瞪了我一眼。

「是的，我了解。」她對著話筒說道，「嗯，以後不會再發生了。」

我在柯林姨丈身邊坐了下來。他正用一個白色馬克杯啜飲著咖啡，眼睛看著瑪塔阿姨。

「以後不會再發生了，」阿姨又對著話筒重複一遍，她皺著眉頭說：「我會看著他，叫他離你們家遠一點……不，他並不是在窺探你們，馬林先生。」

原來她是在跟馬林先生說話。

這句英文怎麼說

柯林姨丈不高興的搖搖頭。
Uncle Colin shook his head unhappily.

柯林姨丈不高興的搖搖頭。

「我警告過你別靠近那個地方的，艾力克斯。」他說，「我們不喜歡那些人打電話找上門。」

「抱歉，」我低聲說道，「但是……」

我很想跟他說說昨晚的事，告訴他昨晚發生的每一件事，以及我看見的每樣東西。

但是他抬起一根指頭，放在嘴唇前面，示意我在阿姨講電話時保持安靜。

「不，我外甥並不是對著你家屋子拍照，馬林先生……」瑪塔阿姨繼續解釋，她翻翻白眼，「我保證，他不會再打擾你們了，我會馬上跟他談……是的，好，再見。」

她放下話筒，嘆了一口氣，轉向柯林姨丈。

「這些人……」她低聲埋怨。

「我們得小心些，」柯林姨丈回道，瞇著眼睛看著我說：「我們可不想招惹他們。」

「但是……但是……」我氣急敗壞的說：「我看見奇怪的東西……」

「他們看見你了，艾力克斯。」瑪塔阿姨打斷我，「他們看見你昨天深夜在他們屋子周圍徘徊，爲此他們十分生氣。」

她給自己倒了一杯咖啡，走到桌子旁邊坐了下來，拂開額頭上的一綹灰髮。

「你昨晚在外面做什麼？」姨丈問我。

「我眞的很抱歉，但是別無選擇。我把照相機留在樹林裡了……」我解釋道，「得趕緊去把它拿回來，我不能把它留在那兒一整夜——尤其還下著雨。」

「但是你沒有必要走近馬林家的屋子是不是？」瑪塔阿姨質問道。

「我……我聽見那屋子裡有野獸在號叫！」我衝口而出，「而且還看見奇怪的腳印爬上臥室的窗檯。」

柯林姨丈平靜的點點頭，深深的啜飲一口咖啡。「那也許是他們家狗的腳印。」他說著朝瑪塔阿姨瞥了一眼。

「狗？」我喊道。

他們兩人都點點頭。

這句英文怎麼說

你昨晚在外面做什麼？
What were you doing outside last night?

「他們養了兩頭巨大的德國牧羊犬，」阿姨接著解釋，「凶惡得很。」

「而且跟狼一樣大。」柯林姨丈一邊說，一邊搖了搖頭。

他伸手拿了一片吐司，往上頭塗奶油。

我呼了一口氣，感到安心許多。

兩頭德國牧羊犬——這解釋了昨晚的號叫聲和潮濕草地上的腳印。

「你上學的東西準備好了嗎？」瑪塔阿姨問道，「漢娜隨時會到。」

「差不多都準備好了。」我一邊回答，一邊灌下一杯柳橙汁。「昨天晚上我在樹林裡……」

我開口說著，他們倆都瞪著我看。

「我看到幾隻動物被撕裂了，我是說……被殺掉了。」

柯林姨丈點點頭。

「那樹林在晚上是很危險的。」他輕聲說道。

「我眞的不希望你晚上到林子裡去，艾力克斯。」瑪塔阿姨說道。她從我T恤的肩膀上拿掉一根棉絮，用手輕輕的把我的頭髮往後梳。「答應我們你以後不會再去了。」

「我答應你們。」我低聲說著。

「你還要答應我們離馬林家人遠一點。」姨丈又叮嚀道。

在我回答之前，門鈴響了，接著漢娜背著沉重鼓漲的背包走進廚房。

「準備好了嗎？」她問道。

我點點頭，把椅子向後一推。

「嗯，我想我準備好了。」我對她說，「感覺好奇怪哦，到別人的學校上學。」

「你會喜歡我的老師謝先生的，」漢娜說，「他很有趣，人也很好。」

我抓起背包和夾克，向阿姨和姨丈道了再見，便走出前門。

當我們走向大街時，我朝馬林家瞥了一眼。屋旁的臥室窗戶已經關起來了，整間屋子和往常一樣黑暗。

「你找到相機了嗎？」漢娜問道。

我點點頭。

「嗯，但是費盡了千辛萬苦。」接著告訴她我昨晚可怕的冒險經過。

這句英文怎麼說

馬林家並沒有狗。
The Marlings don't have any dogs.

她發出嘖嘖兩聲。

「我警告過你的，艾力克斯……我是絕對不會在天黑之後跑到樹林裡的。」

一輛黃色的校車隆隆駛過，巴士裡的幾個小孩從窗口叫喚漢娜。她朝他們揮了揮手。

早晨的太陽低低的掛在天空中，泛著銀光的霜露仍沾在草地上，空氣乾爽而冷冽。

「再走一條街就到學校了。」漢娜說，「你會緊張嗎？」

我沒有回答，心裡正想著馬林家人。我對漢娜說起自己聽見他們屋子裡發出的號叫聲。

「柯林姨丈說他們養了兩頭德國牧羊犬，很大而且很凶。」我對她說。

「不，他們才沒養狗呢！」漢娜篤定的回道。

我驚訝的停下腳步。

「妳說什麼？」

「馬林家並沒有狗，」她重複道，「我住在這兒跟他們一樣久，從來也沒見過什麼狗。」

「那我姨丈爲什麼這麼說？」我追問道。

「免得你被嚇到呀！」漢娜回答。

「我……我不明白，」我結結巴巴的說，「如果馬林家沒有養狗，那他們窗外的奇怪腳印又會是什麼？」

漢娜搖了搖頭，橄欖綠的雙眸定定的看著我。

「艾力克斯，你還不明白嗎？」她大聲說道，「你還沒搞懂嗎？」

「搞懂什麼？」我問道。

「馬林夫婦是狼人呀！」漢娜說。

這句英文怎麼說

我看見其中一隻德國牧羊犬。
I saw one of the German shepherds.

15.

爲什麼野狼溪的每個人都對狼人這麼著迷？

我納悶著。

我嘲笑漢娜，在走到學校那段路上不停的取笑她。

我的意思是，現在怎麼還會有人眞的相信有狼人呢？

「妳只是想嚇唬我，」我對她說，「但我並不容易被嚇到——記得嗎？我看見其中一隻德國牧羊犬，牠在馬林家的窗口號叫著。」

漢娜聳聳肩。

「你想相信什麼就相信什麼吧！」她低聲說道。

「別再想要用狼人嚇唬我了。」我對她說。

但是當我們來到學校後，又有讓我驚訝的事了。

即使是謝先生——那位六年級的導師，整個早上也都在談論著狼人！

他大約四十歲，矮矮胖胖的，蓄著稀疏的棕髮，粉紅色的胖臉上架著一副黑色粗框眼鏡。他穿著一件黃色的毛衣，讓他看起來像個熟透的梨子。

不過漢娜說的沒錯，他人很好，也非常友善。他熱烈的歡迎我，把我介紹給其他的六年級同學，眞的讓我感到十分自在。

他讓我坐在後排靠近門邊的位子，漢娜則坐在前排。

我看見史恩和阿鈞坐在教室另一頭靠窗的位置。他們朝我點了點頭，可是並沒有說「嗨」或什麼的。

他們兩個看起來都很邋遢，一副相當疲倦的樣子——寬鬆的衣衫都皺巴巴的，頭髮也凌亂不整。

他們看起來就像整夜沒睡似的。

這眞是奇怪的想法……

謝先生點過名，又宣佈了一些事項之後，他坐在講桌的邊緣，眼睛環顧著教

這句英文怎麼說？

他們看起來就像整夜沒睡似的。
They look as if they'd been up all night.

室，等著我們安靜下來。

「有人知道什麼是『狼人學』嗎？」他問道。在他的鏡片後面，深色的眼睛閃著灼熱的亮光。

我從來沒聽過這個詞，但是令我驚訝的是，有好幾個人舉起了手。

他喊了阿鈞。

「就是關於人變成狼的事情。」阿鈞說道。

「是狼人！」史恩喊道。

謝先生點點頭。

「沒錯，是狼人。『狼人學』就是研究狼人的學問⋯⋯」他清了清喉嚨，「由於萬聖節就在這個禮拜，我想我們也許應該花點時間討論狼人學。」

「今年的萬聖節是滿月耶！」一個擁有運動員體型的高壯男孩插嘴道。

「是的，沒錯。」謝先生點頭道，「許多人相信狼人要到滿月才會變成狼⋯⋯但是事實並非如此。不過，越是接近滿月，狼人的力量的確會變得越強。」

他交叉著雙腿，往後一靠，開始述說道——狼人的傳說在兩百多年前發源於歐

洲，一個正常人若是被狼人咬到，就會在月光照在他身上時也變成狼人。

「這是一個無法破解的魔咒，」謝先生用一種低沉單調的聲音說著，想要讓人聽起來毛骨悚然。「無論他多麼努力想要過正常的生活，中了這種魔咒的人，只要一被月光照到就會變成狼。」

「女孩也一樣嗎？」漢娜問道。

有些孩子咯咯笑了起來。

「是的，女孩也一樣。」謝老師嚴肅的回答。

「一旦變成狼人，那人就會發狂號叫，」謝先生繼續說，「接著衝進樹林或森林中尋找牠的獵物。」

「好酷哦！」我前面一個紅髮男孩喃喃說道。

每個人都笑了起來。

「天亮的時候，狼人必須把身上的狼皮脫下來，」謝老師繼續解釋，「變回人形之後，他們必須把狼皮藏在安全的地方，因爲如果有人把狼皮拿去燒了……那狼人就會死去。」

這句英文怎麼說

這是一個無法破解的魔咒。
It is a curse that cannot be removed.

「酷——」紅髮男孩又說了一次。

這回響起更多的笑聲，孩子們也興奮的交談著。

謝先生費了好一會兒功夫才讓大家安靜下來。他跳起身來，拉拉身上的黃毛衣，在黑板前緩緩踱步。

「班上有人相信狼人眞的存在嗎？」他問道。

我竊笑了起來，不認爲會有任何人舉手。

但令我大吃一驚的是——教室裡每一個人都舉起了手！

「你們全都相信有狼人！」謝先生喊道。

「是的，我們相信。」

我聽見阿鈞輕聲說道。

「沒錯，我們相信。」

史恩也說了同樣的話。

我轉過頭，發現他們兩人都緊緊盯著我。

我突然覺得渾身發冷。

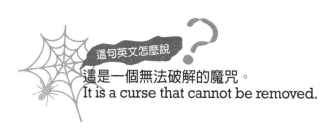

他們是怎麼搞的？

我納悶著。

他們的舉止爲什麼這麼古怪？

這句英文怎麼說

他們的舉止為什麼這麼古怪？
Why are they acting so weird?

16.

放學後，史恩和阿鈞到教室後面堵我。教室外頭，同學們正鏘啷鏘啷的關著衣物櫃，笑聲和叫喊聲在磁磚牆上回響著。

那兩個傢伙一臉嚴肅的研究著我。

「有事嗎？」我一邊拉上背包的拉鍊，一邊招呼他們。

謝先生朝我們揮揮手，拎著鼓鼓的公事包走出教室。這會兒教室裡只剩下我們三個。

「你還好嗎？」史恩問我。

「到新學校上課會不會很奇怪？」阿鈞也問道。

「是呀，有一點。」我對他們說，「尤其是我知道自己只會在這裡待幾星期。」

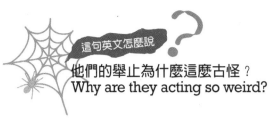

「你很幸運！」阿鈞開玩笑說，「史恩和我得一直待在這兒。」

「野狼溪沒那麼糟。」我一邊說，一邊把背包拎到肩膀上。

兩個男孩熱切的盯著我，一句話也不說。史恩把手插進寬鬆的牛仔褲口袋，阿鈞則不經意的玩弄著小指上的銀戒指。

最後，史恩打破了沉默。

「你不相信有狼人。」他輕聲說道。

「啊？喔……」我遲疑著。

「你沒有舉手，」阿鈞也說，「每個人都舉手了。」

「是呀，我知道。」我回道，「我不相信有狼人，我是說……拜託，現在是二十一世紀了，難道還會看見一大群臉上長毛的人在大街上逛嗎？我可不這麼認爲！」

我原想說得幽默，可是他們卻都沒有笑，始終一臉嚴肅的盯著我瞧。

「狼人的確存在，」阿鈞輕輕說道，「我們可以證明給你看。」

「是哦，」我翻翻白眼，譏諷的說：「復活節小白兔也同樣存在，我在克利

這句英文怎麼說

想要拍到貨真價實的狼人照片嗎？
Want to take photos of a real werewolf?

夫蘭家鄉還看過牠搭巴士呢！」

「我們可以證明給你看，艾力克斯，」阿鈞堅決道，「我們可以帶你去看狼人。」

「眞正的狼人。」史恩也說。

「不，謝了，我眞的……」

「你可以拍到狼人的照片。」阿鈞打斷我的話。

「是呀，你可以拍完一整捲底片！」他的夥伴喊道。

這不禁讓我停下來思考。

我想到自己打算參加的攝影比賽，我需要一張萬聖節照片——一張不同凡響的萬聖節照片，好拿來參賽。

他們走近幾步圍著我。

逼得我往後退，直到我撞上窗檯。

「想不想看看眞正的狼人？艾力克斯。」史恩追問道。

「想要拍到貨眞價實的狼人照片嗎？」阿鈞也說。

他們緊緊盯著我。

向我挑釁。

「我要怎樣才能看到狼人？」我問道。

這句英文怎麼說

你看起來好恐怖喲！
You look dreadful!

17.

瑪塔阿姨笑了起來。

「漢娜，妳看起來好恐怖喲！」她用手捂著臉頰喊道。

「謝謝誇獎！」漢娜深深一鞠躬，「謝謝！」

晚飯後，漢娜到我們這兒展示她的萬聖節服裝。她改變主意不扮海盜了，但她選擇的裝扮很難描述——把許多舊衣服拆了，再把碎布縫合在一起，寬鬆的褲子一條褲腿是褐色的，另一條則是綠色，膝蓋上還縫著格子布的補丁。

漢娜穿著一件色彩繽紛的破布襯衫，夾雜著黃色、藍色、紅色——任何你想像得到的顏色，上面罩著一件摻雜更多色彩的外套，頭上還戴著一頂軟趴趴的破帽子，帽子還不斷掉到她的臉上。

「妳這是扮成什麼？」我問道，「垃圾堆嗎？」

她並沒有笑。

「我是個破布娃娃，你看不出來嗎？」她拉拉外套說，「這堆破布？」

瑪塔阿姨和柯林姨丈都笑了起來，我很高興看見他們心情愉快。他們兩個在晚餐時似乎都很疲倦而沒精神，幾乎沒和我說幾句話。

「以前有首關於破布娃娃的歌，」瑪塔阿姨說，「你記得嗎？柯林。」

柯林姨丈搖搖頭。

「我什麼事也不記得了，」他回答，「如果我早晨記得起床，就算是很幸運了！」

「噢，眞是夠了，柯林！」瑪塔阿姨責備他，開玩笑的推了他一把，口中哼唱起那首關於破布娃娃的歌。

漢娜跳了一段愚蠢的舞，雙手高舉頭頂上亂揮亂轉。她外套的一隻袖子脫落下來，我們全都笑了起來。

「你的服裝呢？艾力克斯。」阿姨問我，「去把它穿上，快點，讓我們先睹

這句英文怎麼說

讓我們先睹為快。
Let's have a preview.

爲快。」

「我……我還沒準備好。」我結結巴巴的說。

「哦，那我們去找些舊衣服來，今晚幫你把服裝做好。」瑪塔阿姨堅持道。

「不，我……我還得再想想。」我對她說。

我的心思根本不在服裝上頭，反而不斷往前窗外頭瞄去，望著逐漸變暗的天空，心裡想著待會兒計畫要做的事。

我要到樹林裡的小溪邊跟史恩、阿鈞會合。放學時，他們叫我帶著照相機到那兒跟他們碰面。

他們說，每天晚上當月亮升到天頂時，狼人都會來到那兒。

「牠會對著月亮號叫，」阿鈞用一種興奮的耳語說道，「接著，牠會低下頭來舔著溪裡的水喝。」

「等你看見就知道了！」史恩說，「牠同時是人也是狼，一半是人類，一半是野獸。」

我瞇起眼睛盯著他們兩個，判斷他們到底是不是在耍我。但他們的表情好認

眞，而且好興奮——我想他們說的應該是實話。

這可能嗎？

狼人眞的存在？

我心中浮現馬林家窗口那兩頭號叫的野獸，又想起森林裡那兩隻被撕成碎片的動物。

那是被狼人撕碎的嗎？

我的後頸感到一陣戰慄。

我從來不相信有狼人，但畢竟我也很少離開城市。

在這個被森林環繞的小鎮上，牠們似乎變得眞實起來。

「你午夜會來跟我們會合吧？」史恩問道。

我不想夜晚再去森林裡，尤其是在我看到了那些東西之後……

可是我也不想讓他們知道我害怕，而且我眞的需要一張很棒的照片來贏得攝影比賽。

狼人的照片一定會獲勝的！還有什麼能贏過它呢？

這句英文怎麼說

狼人的照片一定會獲勝的！
A photo of a werewolf would definitely win!

於是我決定在半夜溜出去，跟史恩、阿鈞在樹林裡碰面。不過望著天色漸漸暗下來，我卻感到緊張不安起來。

當我凝視窗外黑暗的夜色，感到胸臆之間有股沉重的感覺，雙手也突然變得又冷又濕。

「艾力克斯，你在想些什麼？」瑪塔阿姨的聲音打斷了我的思緒。

「啊？」我眨眨眼睛，搖了搖頭。

每個人都笑了起來。

「你不停望著窗外，臉上的表情怪極了。」漢娜說道。

「噢，我只是在看月亮。」我聳聳肩。

「這叫月暈症！」柯林姨丈開玩笑說，「噢……病情看來不輕喲！」

「那是什麼病症？」我問道。

「我怎麼知道？」我姨丈回道：「是我瞎掰出來的！」

我們又都笑了起來。

每個人的心情都這麼好。真希望自己也能放鬆心情、開懷大笑，但是我滿腦子想的都是半夜溜到樹林的事。

漢娜不久後便回家了。我向阿姨和姨丈道了晚安，把自己關進房裡。

我看看床頭櫃上的時鐘，指著十點十五分。

還要等候將近兩個小時……

我檢查著照相機，確定裡頭裝了高速底片；接著坐下來，一邊讀著攝影雜誌，一邊等待著，希望時間過得快一點。

儘管眼睛盯著雜誌頁面，但是我讀不下去，根本無法專心。

每隔幾秒鐘，我就會抬眼望向床頭櫃上的時鐘。

爲什麼當你在等待時，時間總是過得那麼慢呢？

終於，再過十分鐘就到午夜十二點了。我闔上雜誌，加了一件毛衣，再套上夾克。我抓起照相機盒子，把背帶甩上肩膀，踮起腳尖走到臥室門口。

瑪塔阿姨和柯林姨丈也許正在樹林裡拍攝夜行動物。但是，萬一他們決定今晚要待在屋子裡，我可不想讓他們聽見我偷溜出去。

我關上房間的電燈，再伸手握住門把，用力一拉。

這句英文怎麼說

我可不想讓他們聽見我偷溜出去。
I didn't want them to hear me sneak out.

「嘿——」

我轉動門把，用力拉了幾下。

我將門把往另一個方向轉動，再猛力往後一拉。

「我眞不敢相信！」我倒抽了一口氣，眞不敢相信自己被鎖在房間裡了！

18.

這門一定是卡住了！

我努力拉門拉了十幾次，甚至用力推它，但是它一動也不動。這門一定是被鎖住了，從外頭上了鎖！

我憤怒的轉過身來，離開門邊。

阿姨和姨丈爲什麼要把我鎖在房裡？是因爲昨晚發生的事情嗎？因爲我在樹林裡的驚險遭遇？

「他們不能這樣對我！」我喊道。

我跑到窗邊，「啪」的一聲拉開窗簾，伸手去握窗框的把手。

窗戶往上移動了幾吋，接著我又倒抽了一口氣。

這句英文怎麼說

我把臉貼近鐵條，往外張望。
I moved my face up close to the bars and peered out.

只見窗戶外頭裝上了一根根的鐵條……

他們是什麼時候裝上這玩意的？今天下午嗎？

我成了個囚犯！

我不敢置信的對自己說。

我被關在這個房間裡，就像一隻籠中鳥！

「他們不能這樣對我！」我重複不斷的說，「他們不能——」

我把窗戶拉到最頂上，再用雙手握住鐵條，想要用力扳鬆它們，只可惜它們一動也不動。

當我正在拉扯鐵條時，突然聽見一聲低號。

我的手鬆了開來，喉中發出一聲尖銳的呼喊，整個人僵住了。

接著我又聽見一聲號叫，這次更響亮了，而且很近，非常近……

緊接著又是一聲刺耳的號叫響起。

是從馬林家的窗戶裡傳出來的嗎？

我把臉貼近鐵條，往外張望——他們臥室的窗戶又是敞開的，但屋裡卻是一片漆黑，沒有任何一個角落有燈光。

我瞇著眼睛往黑暗中凝視。月亮消失在雲朵後面，我幾乎很難看清楚他們的屋子。

我緊貼著鐵條，耳中聽見動物的呼嚕聲，接著是「砰」的一聲。

一個黝暗的形影從馬林家開著的窗戶跳落下來，接著又是另一聲「砰」，又有一個身影四腳著地跳落下來。

其中一個黑影抬起頭來，發出一聲長長的、淒厲的呼號。牠們拔足奔跑，踏著沉重的腳步往後院奔去，朝向樹林的方向。

牠們是狗？是狼？還是人？

在黑暗中，我無法分辨清楚。

我向外凝視，遮住月亮的雲朵飄了開來，一抹銀色的月光灑落在屋子上。

但是現在已經太遲……來不及了。

那兩頭動物已經消失無蹤了。

我不禁用拳頭搥著鐵條。

這句英文怎麼說

在黑暗中，我無法分辨清楚。
I couldn’t see clearly in the darkness.

史恩和阿鈞正在小溪邊等我，而我卻無法趕去。

他們會怎麼想呢？會不會認爲我是個膽小鬼？是個懦夫？

我知道自己要錯過拍到得獎照片的大好機會了！

頓時，我感到滿腔怒火，「砰」的一聲關上窗戶。

「明天晚上！」我大聲宣告：「明天晚上我一定要出去，阿姨和姨丈都不能阻止我。明天晚上我要到樹林裡去，我要揭開狼人的眞相！」

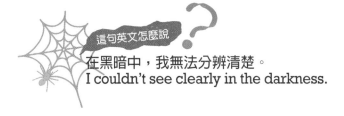

19.

「你們怎麼可以這樣對我？」我尖叫著說。

第二天早餐時，我氣沖沖的衝進廚房，大踏步走向瑪塔阿姨和柯林姨丈。

「你們怎麼可以把我鎖在房裡也不告訴我一聲？」我繼續喊道。

瑪塔阿姨放下咖啡杯。她帶著一種困擾的表情，抬眼看著我。

「也許我們應該先告訴艾力克斯。」她轉向柯林姨丈說道。

柯林姨丈瞇起眼睛看我。「你昨晚曾想要出去嗎？艾力克斯。」

「嗯……」我遲疑著。我不想告訴他我昨晚打算做些什麼，只好抗議道：「我不喜歡被關在籠子裡！我已經十二歲了，我眞的認爲……」

「我們很抱歉。」瑪塔阿姨打斷我的話。她朝廚房的時鐘瞄了一眼，倒給我

這句英文怎麼說

我不喜歡被關在籠子裡！
I don't like being in a cage!

一碗玉米片。

「但是我們這麼做是爲你好，」柯林姨丈又說，神情緊繃的用手摺著餐巾。

「我們別無選擇，不能讓你像頭一晚那樣跑進森林裡，那太危險了。」

「我們對你有責任，」瑪塔阿姨也說，把玉米片從桌子那頭推給我。「我們答應過你爸媽，要把你平安的交還回去。我們也不想把你關起來，艾力克斯，但是我們必須確定……」

「可是……可是……」我氣急敗壞的說。

「而且，馬林家的人昨天打電話給警察了。」柯林姨丈皺起眉頭說。

「什麼？」我喊道，「他們打電話給警察——關於我？」

他點點頭說：「他們抱怨說你在窺探他們。」

我憤怒的高喊一聲。

「這太離譜了！我沒有窺探他們，我什麼也沒做！」

「好啦、好啦，」瑪塔阿姨繞到桌子這邊，把手放在我的肩上安慰道：「別擔心馬林家人，只是別再走近他們家好嗎？」

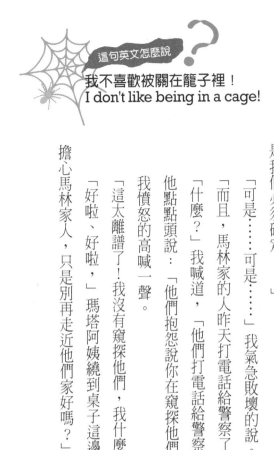

「他們是狼人嗎？」我轉向她，衝口問道。

柯林姨丈吸了一口氣，瑪塔阿姨則短促的笑了一聲。

「是漢娜告訴你的嗎？」她問道。

「嗯……是的。」我回道。

她搖了搖頭說：「漢娜的幽默感可真怪異。」

「馬林夫婦只是很古怪、很不友善的人，」柯林姨丈對我說。他往廚房窗外瞥去，望向馬林家的屋子，接著又說：「兩個很不友善的人，養了兩條很不友善的狗。」

「漢娜說他們並沒有養狗。」我堅持道。

柯林姨丈露出一種嫌惡的表情。「告訴你的朋友漢娜，別再跟你過不去了。」

「你的意思是？」我問道。

「她是想要嚇唬你，艾力克斯，別聽她的。」

門鈴響了，漢娜來找我一起上學。

我很高興能夠出門，但仍對被鎖起來的事感到氣憤。

這句英文怎麼說

漢娜的幽默感可真怪異。
Hannah has a twisted sense of humor.

在我們上學的路上，我並沒有告訴漢娜這件事。我知道她也許會覺得這很有趣，而且會告訴其他孩子瑪塔阿姨和柯林姨丈是如此的不放心我，以至於把我像個嬰兒似的鎖起來。

我也沒有提到馬林家的狗，不想再跟她爭辯關於狼人的事。我要自己去發現眞相。

到了學校，我把外套掛進衣物櫃裡，走向謝先生的課堂。但是當我轉過角落時，史恩和阿鈞跨了出來，擋住我的去路。

他們一直在等我，並快速的逼近，把我堵到牆角，兩人眼中閃著興奮的光芒。

「嘿，艾力克斯。」史恩戳戳我的肩膀。

「最近有看到狼人嗎？」阿鈞不懷好意的問道。

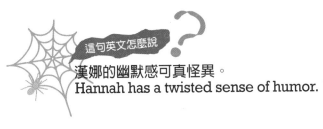

20.

「啊……嗯……」我不知道該說什麼。「是這樣的……我阿姨和姨丈……」

他們爲什麼要這樣瞪著我？

是想嚇唬我嗎？

史恩咧開嘴，露出一個奇怪的笑容。

「昨晚在樹林裡過得還愉快嗎？」他問道。

「是呀，怎麼樣？」阿鈞追問道，「逮到狼人了嗎？艾力克斯。」

我把他們推開，跨步離開牆角。

「你是說你們昨晚沒去那兒？」我喊道。

他們倆同時爆笑出聲，高舉雙手互擊了一掌。

這句英文怎麼說

昨天午夜，他們並沒有在樹林裡等我。
They didn't wait for me in the woods at midnight.

「當然沒有！」阿鈞喊道，「我們幹嘛半夜三更跑到樹林裡去？」

「我那時早就呼呼大睡了。」史恩咧嘴笑道。

他們又大笑起來，彼此再度慶賀一番。

原來是個玩笑！

這整件事都只是個玩笑……昨天午夜，他們並沒有在樹林裡等我，他們根本沒打算要到樹林裡去。

「結果怎樣？」史恩問，「阿鈞和我沒出現，你是不是很驚訝？」

「不，我壓根兒沒想到你們，」我對他們說，「你們知道爲什麼嗎？因爲我忙著拍攝狼人的照片！」

「什麼？」史恩喊道。

這下該輪到他們吃驚了吧！

當然我是騙他們的。

但是，他們不會知道我昨天晚上也沒有到樹林裡去。

「你看見了什麼？」阿鈞懷疑的問。

「我追蹤到一頭狼人，」我強迫自己不要笑出來，對他說道：「牠來到溪邊喝水，就像你說的那樣。」

「眞是夠了！」史恩哼了一聲。

「是呀，眞是的！」阿鈞翻翻白眼。「你是在作夢吧！」

「我可以證明，我拍了一整捲底片。」我對他們說。

「給我們看照片。」史恩說。

「我還沒有沖洗出來。」我回答。

他們直瞪著我瞧，想要判斷我說的是不是實話。我就快忍不住而爆笑出聲，但還是維持著一本正經的神色。

這時上課鈴響了。

「我們要遲到了！」阿鈞喊道。

我們三個衝下走廊，跑進教室裡，在謝先生走進教室前兩秒鐘衝到座位上。

別問我這一早上在上些什麼課，因爲我一個字也聽不進去。

我的腦袋轉個不停，想著史恩和阿鈞。

這句英文怎麼說

你是喉嚨不舒服還是怎麼了？
Do you have a sore throat or something?

明天他們找我要狼人的照片時，我該怎麼對他們說呢？是不是得向他們招認我是騙他們的？

我決定不要，我有個更棒的計畫。

「今天晚上我要悄悄溜出門去拍馬林家的照片。」我小聲對著聽筒說道。

「什麼？艾力克斯，你的聲音爲什麼那麼小聲？」漢娜尖銳的說話聲在我耳邊響著。

我壓低聲音說話，是因爲瑪塔阿姨和柯林姨丈家只有一具電話——是那種老式的黑色話機，擺在客廳的桌上。而他們兩個正在隔壁準備晚飯，從我坐著的扶手椅上可以看見他們。

「漢娜，我今天晚上要躲在那間屋子旁邊，」我耳語道：「不管從臥室窗口跳出來的是什麼人或是什麼東西，我都要拍到他們的照片。」

「你是喉嚨不舒服還是怎麼了？」漢娜追問道：「我聽不見你說話，艾力克斯。」

我張開嘴巴，要把剛才的話重複一遍。

但是瑪塔阿姨這時走進客廳裡來。

「晚餐準備好了，艾力克斯。你在跟誰說話？」她問道。

「漢娜。」我對阿姨說。

接著，我又對著話筒說道：「我得掛斷了，晚點再跟妳說。」便掛上了電話。

我希望漢娜會願意跟我作伴，一起在半夜溜出門。

我決定待會兒再問她。

十點多一點，我打著呵欠，假裝很睏的樣子走進房間。

幾分鐘後，我聽見門鎖「喀嚓」響了一聲，瑪塔阿姨或柯林姨丈又把我鎖在房裡了。

但這次我騙過了他們。

這一次，我有了準備。

晚飯前，我塞了一團口香糖到門鎖裡頭，那門並沒有真正關上。

再一次，我披上毛衣，檢查了我的相機，緊緊盯著床頭的時鐘，靜靜等待著。

接近午夜時，我把相機盒子掛在肩上，輕而易舉的拉開房門，在銀白色的月光下悄悄溜出屋子，準備去解開馬林家的祕密。

這句英文怎麼說

這一次，我有了準備。

This time, I was prepared.

21.

我迅速朝馬林家瞥了一眼，轉身走開，踏過潮濕的草地，快步走向漢娜的家。

沒有燈光，屋後的擋風板門沒有關上，風把它吹得盪了開來，好像在邀請我進去一般。

但是我卻走向屋子另一邊，來到漢娜臥室的窗前。銀色的月光灑在窗玻璃上，使得它像鏡子一般反映著樹影。

我看不見屋裡，但窗戶開著幾吋寬的一道縫。

「漢娜？」我用比耳語稍響一點的音量喊道：「漢娜——妳睡著了嗎？」

我聽見有人在裡頭動了動，窗簾搖晃了一下。

「是誰在那兒？」漢娜睡意朦朧的喊道。

這句英文怎麼說

這就是我為什麼要拍照。
That's why I want to take photos.

「是我！」我踮起腳尖，低聲說：「是我，艾力克斯……到窗口來。」

「艾力克斯，你到這兒來做什麼？」她質問道。

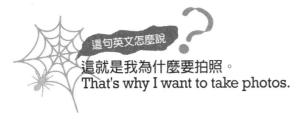

「我要拍些馬林家人的照片。快出來，跟我一道去，漢娜。」

「什麼？拍照？但是現在已經很晚了，艾力克斯，我已經睡了，而且……」

「每晚我都聽見他們屋裡傳出號叫的聲音，」我對她說，「接著就會有人或是其他東西從他們臥室的窗口跳出來，跑進樹林裡去。我姨丈說那是他們的狗，但是……」

「我跟你說過，」她打斷我說：「馬林夫婦沒有養狗，他們是狼人，我知道你不相信，但這是眞的。你阿姨和姨丈也知道這是眞的，只是他們不想嚇著你。」

「這就是我爲什麼要拍照呀！」我解釋道：「我是說，我可能會是全世界頭一個把狼人攝入鏡頭的人！快穿好衣服，漢娜，快來！我要妳也一起來看。」

「你瘋了，艾力克斯！快回屋裡去！」漢娜警告我。她出現在窗口，把窗戶推高了些，探出半邊身子。

「我不會到那兒去的，」她堅決的說，「太危險了。你跟我說過你看見的那兩隻動物，牠們被撕成碎片了是不是？如果馬林夫婦看見你，他們也會用同樣的方式對付你的！」

她的話使得一股寒氣竄下我的後頸，可是我急於解開這個謎團，更急於拍到一張超讚的照片。

「他們不會看見我們的！我們可以躲在屋子旁邊的矮樹叢後面。」

「別說『我們』，」漢娜說，「我不會去的，艾力克斯，我太害怕了……我警告你，趕快回屋裡去吧。」

「求求妳！」我抓住她的胳臂哀求道：「出來吧，漢娜……妳也想要看看狼人的是不是？」

「我才不要！」她把手臂猛的拉了回去。「快回家去，艾力克斯。」

「這不是遊戲，它真的很危險。」她又重複了一次。

「聽我說，漢娜……」

我正要繼續說下去，她卻關上了窗戶。

我凝視著窗玻璃上的樹影，心想：也許她是對的。

這句英文怎麼說

這不是遊戲，它真的很危險。
It's not a game. It's really dangerous.

又有一股寒氣竄下我的後頸。

也許這是個大錯誤，這眞的太危險了，要是馬林夫婦逮到我……

當我聽見一聲低號時，不禁倒抽了一口氣。

我僵立在當地，不需要回頭，從那聲音就可以聽得出來。

是一頭狼人——從我背後悄悄逼近過來。

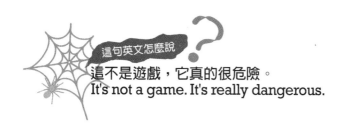

22.

又是一聲低吼，嚇得我不禁喊出聲來。

我的膝蓋幾乎癱軟，顫抖著深吸了一口氣，轉身面對那頭野獸。

不——不在那兒，連個影子也沒有。

我嚥著口水，又嚥了一口，嘴巴突然變得好乾、好乾。

接著又是一聲號叫。我聽出它是從哪兒傳來的了，是從馬林家的屋子後面。

他們準備要跳出窗外了，這就是他們每晚要跳出臥室窗外之前，我所聽見的聲音。

此刻我正站在空曠的戶外，將會是他們頭一個見到的東西！

我的雙腿不聽使喚，但是我咬緊牙關，深深吸了一口氣，強迫自己移動。

這句英文怎麼說

院子幾乎像白天一樣明亮。
The yard was nearly as bright as day.

我的球鞋在濕漉漉的草地上溜了一下，滑了一跤，但是並沒有整個跌倒。

我倉皇的爬進分隔瑪塔阿姨家和馬林家的灌木叢裡，雙膝著地，咻咻有聲的喘著氣。我的心臟跳得好快，連胸口都發疼了。

我把頭伏低，伸手去抓相機盒子的皮帶。

一聲又高又尖的獸號從馬林家臥室敞開的窗口傳了出來，月光照得屋子側面閃閃發光。

院子幾乎像白天一樣明亮，每件東西都反射出結霜露水的閃光。

我低低的伏在樹叢後面，看見每一片葉子，每一片被露珠潤濕的草葉。

我拉扯相機盒子的拉鍊，得趕緊取出相機才行。但是我的手抖得太厲害，沒辦法扯開拉鍊。

另一聲號叫引得我回頭望向窗口。

只見一個黑影在移動，一條腿伸了出來……接著又是另一條腿，一個俐落的身影落在地面上。

一切都發生得如此之快，彷彿用快轉畫面放映似的。

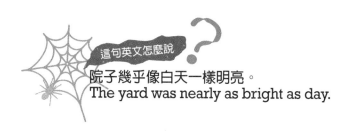

我注視著窗口，努力要拉開照相機盒子的拉鍊。

這時，另一個身影從馬林家臥室黝暗的窗口爬了出來。

兩個身影站在地上伸展肢體。

是兩個人！不是狼……

是人！

他們身上披著的是什麼東西？

是斗篷嗎？

那是暗色的毛皮披肩，垂掛在他們肩上，沉重的垂墜在身後。

他們背對著我，我無法看見他們的臉。

他們雙手叉腰，伸展著肢體，往後彎腰，又往左右彎身，彷彿是在伸展肌肉，爲長跑做準備似的。

接著，他們抬起頭來對著月亮仰天長嘯起來。

轉過身來！

我在樹林後面渾身發抖，靜靜的祈求著。

這句英文怎麼說

兩個身影站在地上伸展肢體。
Two forms stood on the ground and stretched.

求求你們轉過身來！我想看看你們的臉！

「噢……」當他們的毛皮斗篷漸漸移動時，我忍不住驚呼起來。

那厚重的斗篷逐漸裹住他們，捲曲起來，往他們的身體四周收緊。

這時我才明白那並不是斗篷，而是某種獸皮——有著長毛的皮，上頭有手臂，還有腿……

暗色的毛皮緊緊裹著那兩個人形。毛皮沿著他們的身體蔓延，滑上他們的頭顱，覆蓋住他們的雙腿、手臂，還有手掌。

「噢……」我顫抖得太厲害了，不禁放開相機盒子，以雙手環抱自己。

我緊緊抱著自己，想要撐著自己，穩住自己。

那兩個身影又開始號叫起來，將毛茸茸的手臂高舉過頭，手指上冒出銀白色的尖爪。

兩頭怪物用爪子彼此戲耍的耙抓著，假裝要互相攻擊似的。

他們一邊號叫、呼嚕著，一邊彎下身子，四足著地。

牠們不再是人類了。

是野獸……像狼一類的動物……

我終於明白漢娜說的沒錯，她說的是實話——馬林夫婦是狼人，他們會在月光下幻化成狼！

我大口喘著氣，抓起照相機的盒子，再次摸索著拉鍊，終於設法拉開了它。

牠們轉過身來，兩頭怪物都轉身向著我。

兩頭野狼！

牠們深色的眼睛在毛皮覆蓋的額頭底下瞪視著，毛茸茸的尖嘴猛然張開，露出兩排尖利的獠牙。

狼人，馬林夫婦是狼人——同時集人、狼於一身！

兩頭狼人用鼻子摩擦著對方，輕聲號叫著。我舉起相機，慢慢跪坐起來。

我一定得拍下照片。

就是現在，艾力克斯！

我命令自己。

但是我的手抖動得好厲害，不確定自己是否能把相機拿穩。

這句英文怎麼說

我舉起相機。
I raised the camera.

就是現在！快點拍！

我舉起相機，把取景窗貼近眼睛，並站高一些，讓自己能從樹叢上方看出去。

「噢——」當我挺起身子，一根銳利的樹枝刮到了我的臉頰。

我的手頓時一鬆，相機掉了下去！

它落在草地上，發出「砰」的一聲。

兩頭狼人轉過身來。

牠們看見我了！

23.

我趴到地上，肚皮緊貼著地面，胸膛上下起伏著，用嘴巴呼吸，努力讓自己保持絕對的靜止，絕對的安靜。

牠們瞧見我了嗎？到底瞧見了沒有？

我把頭抬到足以瞄到牠們的高度，從樹叢底部的枝葉下方凝視牠們。

只見牠們抬起覆蓋著皮毛的尖嘴，嗅聞著空氣。

牠們聞到我了嗎？知道我躲在這兒嗎？

牠們是不是正要跳進樹叢，用銀白色的尖長爪子將我撕成碎片？

我屏住呼吸，瞇起眼睛、越過草地看著牠們。

牠們又聞了一會兒，發出輕輕的呼嚕聲，接著四足落地，轉身回去，邁開

這句英文怎麼說

我想像自己登上報紙和雜誌的封面。
I pictured myself in newspapers and on magazine covers.

大步奔跑起來，往樹林裡奔去。

我一直等到不再能聽見牠們腳爪落地的聲音，以及低低的號叫和呼嚕聲，這才匍匐著向前滑去，伸出手去抓我的相機。

我的相機！

我沒有拍到任何照片，半張也沒有。

搖搖晃晃的站起身後，我把鏡頭上沾到的露水拭去。接著我抬起頭，往樹林裡望去。

我得追蹤牠們！

一定得拍些照片，這是個千載難逢的機會！

如果我能拍下有史以來第一張眞正的狼人照片，我就會出名了！

我想像自己登上報紙和雜誌的封面，想像自己拍攝的狼人照片在高檔藝廊中展示。

我又想像柯林姨丈和瑪塔阿姨會多麼以我爲榮。

想到這裡，一股寒氣竄下我的脊背。

柯林姨丈和瑪塔阿姨——他們現在正在樹林裡工作，忙著拍攝夜行動物。

他們知道那兩頭狼人出來了嗎？

可知道那兩頭狼人正在樹林裡徘徊、搜尋著獵物？

他們在那兒並不安全。

當然，追蹤狼人到樹林裡是種瘋狂的行徑，而且十分危險，但是我現在有兩個理由要追蹤牠們。

我得拍到牠們的照片，而且還得警告我的阿姨和姨丈。

我望著樹林，把照相機塞進盒子裡，再把盒子掛上肩頭。接著我快步走過後院，循著結霜草地上的新鮮爪印，走向樹叢中。

我伏低身子鑽進樹叢，循著曲折的小徑前行。月光從樹頂的葉縫間流瀉下來，在地上投射出詭異搖曳的光影。

沒走多遠，我就追上了那兩頭狼人。剛剛經過那棵酷似彎腰老人的樹木，我便聽見野獸的呼嚕聲，接著是攻擊獵物的尖銳吼聲。

我停下腳步，透過一叢低矮的灌木向前凝視——那兩頭狼樣的野獸張開大

這句英文怎麼說

但是我現在有兩個理由要追蹤他們。
But now I had two reasons to chase after them.

嘴，高舉利爪，縱身跳了起來。
牠們抓住了某個東西！
我驚恐萬分，頓時動彈不得。
那會是誰？
是我阿姨？還是姨丈？

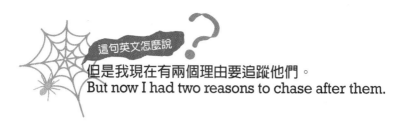

24.

那兩頭狼人跟牠們的獵物搏鬥著。

我聽見一陣尖銳而痛苦的咩叫聲，看見四隻蹄子在空中亂踢。

我瞇著眼睛在幽暗的光線下凝視著，終於看出那並不是人！牠們抓住了一頭鹿——一頭幼小的鹿。

牠們就要殺死牠了，就要將牠撕成碎片……

我該怎麼辦？怎樣才能救牠？

我沒有多想。因爲實在太害怕了，無法仔細思考。

接著我仰起頭來，發出一聲野狼般的號叫。

我的叫聲在樹梢回響著。

這句英文怎麼說

我的叫聲在樹梢回響著。
My cry echoed off the trees.

那張牙舞爪的狼人停止了攻擊，抬起頭、並朝著我叫聲的方向轉過來。

這個空檔剛好足以讓那頭幼鹿掙扎著站起來，牠抖了抖身子，就像狗剛洗過澡那樣，再拔腿奔進樹叢中。

兩頭狼人猛力嗅著空氣，牠們似乎沒有注意到那頭幼鹿已經逃走了。

在蒼白的月光下，牠們的眼中閃著紅光，轉過身來，發出一聲低低的怒吼。

牠們低下頭，朝著我猛衝過來。

25.

我搖搖晃晃的退後幾步，恐懼得幾乎無法動彈。

沒有時間逃跑了。

在狼人腳爪的撞擊下，地面似乎在晃動著。

我張開嘴巴想要叫喊，卻發不出聲音。

狼人的血盆大嘴猛咬一口，紅色的眼睛像著火一般發出灼熱的光芒。

我舉起手臂擋在身前，像是要防禦自己似的，準備接受攻擊。

然而那狼人卻掉轉過頭，突然轉向右邊，雙雙跑開了。

一隻骨瘦如柴的棕色兔子跌跌撞撞的跑上小徑。原來那兩頭狼人是要掉頭去追那隻兔子！

這句英文怎麼說

沒有時間逃跑了。
No time to run.

狼人狂暴的咆哮著，低下頭來，輕而易舉的逮著了那隻兔子。兔子沒能掙扎多久，一頭狼人「啪」的咬斷牠的脖子，另一頭則飢餓的咬進牠的肚子。

我重重的喘著氣，把相機盒子甩到身前，猛力把相機拉了出來。當我把取景窗舉到眼前時，我的手還在不住的發抖，只好用兩隻手努力穩住相機。

我按下快門，接著又拍了一張。

我拍到一張狼人正在撕裂兔子的照片，還有兩頭狼人肩並肩、正在吞食兔子的畫面。

當狼人飽餐之後，那隻兔子已經屍骨無存了。狼人舔著牙齒，轉過身來，大步跑進樹叢中。

我用雙手把相機舉在身前，跟在牠們後面。

我想自己是嚇傻了，並沒有仔細思考，而且幾乎連想都沒想。

我差點被那兩頭狼人逮到，牠們很可能會像解決那隻可憐的兔子那樣，把我給解決了。

但我知道我得跟著牠們，必須留在樹林裡。

我得警告阿姨和姨丈，找到他們之後，告訴他們先前對馬林家的了解是錯誤的，漢娜說的才是對的。

我要讓他們知道，他們正處於危險之中。

此外，我還得拍更多的照片。

我驚魂未定，心臟怦怦直跳，手臂和雙腿都癱軟、顫抖著，覺得我彷彿不是自己，而像是飄在身體外面看著我自己一般。

但我知道，我不能就這樣逃回家，得先救我阿姨和姨丈脫離險境。

我遠遠跟在那怪物後面，保持著一段距離，遠得當其中一隻回過頭時，我可以及時溜到樹後；並舉著相機，隨時準備按下快門。

牠們慢慢的跑著，接著來到了小溪邊。我看著牠們低下頭來，嘖嘖有聲的舔著水喝。

現在牠們看起來完全不像人類了，牠們的身體已經變成了狼的身體；在牠們

這句英文怎麼說

我閃到一棵大樹幹後面，屏住呼吸。
I slid behind a fat tree trunk and held my breath.

臉上，我看不出任何人類的痕跡，閃閃發光的雙眼也像是野獸的眼睛。

牠們在溪邊喝水喝了老半天，我猜也許是要沖下牠們的晚餐吧！我拿穩手中的相機，拍了好幾張照片。

眞希望漢娜有跟我一起來……我希望有人跟我一塊在這兒，目睹我所看見的這一切。

我等不及要回去告訴她，她所說關於馬林夫婦的事全部是眞的——他們眞的是狼人！

那兩頭狼樣的動物突然從水面抬起頭，轉過頭來嗅聞著空氣。

牠們聞到我了嗎？還是聞到其他的獵物？

我閃到一棵大樹幹後面，屏住呼吸。

當我小心翼翼的往外瞄時，牠們正沿著溪岸大步奔跑。等到牠們跑出一小段距離，我才溜出樹後，繼續跟在牠們後面。

整個晚上我都追蹤著這兩頭狼人，拍完了一捲底片，又換上另一捲。

我拍到牠們用毛茸茸的後腿站立著，對著月亮長號；另外又拍到好幾張牠們吞食小動物的可怕畫面。

同時，我搜尋著阿姨和姨丈，急著要警告他們，告訴他們我所目睹的一切。當我如此害怕、又如此興奮的追蹤這兩頭怪物時，完全忘了時間，就好像在夢遊似的，每件東西似乎都不太眞實。

終於，一抹紅色的曙光出現在地平線上，令我吃驚的是，居然已經是拂曉時分了。

現在狼人的動作很緩慢，牠們原先大步的跳躍，已經變成四肢僵硬的漫步。當牠們踏出樹林，來到自家後院時，便開始用後腿站立起來，蹣跚的走到屋子後面。

我待在樹叢邊，不敢走得太近。現在太陽越爬越高，天色也變得越來越亮，如果那兩頭狼人轉過身來，很容易就能看見我。

我舉起相機，只剩下幾張底片了。

那兩頭狼人用兩條後腿搖搖晃晃的走到屋子側邊，牠們伸展著長滿長毛的上肢，抬起頭來對著越來越亮的太陽。

這句英文怎麼說

我只剩下幾張底片了。
I had only a few shots left.

「噢！」當牠們脫下毛皮時，我不禁脫口驚呼出聲。

那皮毛似乎在往後褪去，爪子縮進去不見了，接著毛皮也向後褪落，露出底下的人手。

就在我目瞪口呆的注視下，那黑色的狼皮從牠們的手臂和腿上褪掉，自牠們身上滑落下來。

他們背對著我，毛茸茸的獸皮現在又變成披風了。

兩個人形直立起來，脫掉身上沉重的毛皮。

我知道自己將要第一次見到馬林夫婦了。

他們把狼皮斗篷放到地上，慢慢的轉過身來。

我看見他們的臉了……

26.

當清晨的陽光灑在他們臉上，我差點高喊出聲——震驚而難以置信的。

只見柯林姨丈和瑪塔阿姨伸展四肢，將他們銀灰色的頭髮向後拂去，彎腰拾起地上的狼皮。

我的阿姨和姨丈——他們竟然是狼人！

柯林姨丈抬起眼睛望向樹林，我隨即退到一棵樹後。

他看見我了嗎？

沒有。

我渾身顫抖，想要吶喊出聲。

「不——不！這不是眞的！」

這句英文怎麼說

我看著阿姨和姨丈疊好他們的狼皮。
I watched my aunt and uncle fold up their wolf skins.

我把身子貼在樹幹上，緊緊咬著牙關。

我不能讓他們看見我，不能讓他們知道我發現了真相。

光滑的樹幹貼著我的額頭，感覺冰涼涼的。我必須思考，我必須想想辦法。

我該怎麼辦呢？

我知道自己再也不能跟他們住在一起了。

我不能跟兩頭狼人同住在一個屋簷下……

但是我能上哪兒去呢？

誰能幫我呢？

誰會相信我？

我看著阿姨和姨丈疊好他們的狼皮，柯林姨丈幫著瑪塔阿姨爬上馬林家臥室的窗戶；當她進屋之後，他也跟在後面爬了進去。

「馬林夫婦！」我低聲對自己說。

他們在裡頭安全嗎？

阿姨和姨丈會不會對他們做出什麼可怕的事？

幾分鐘後，柯林姨丈和瑪塔阿姨又從窗口爬了出來。接著他們匆匆跑過車道，進到自己的屋子裡。

我在樹幹上靠了一會兒，看著這兩間屋子，努力思索著。

馬林夫婦在屋子裡睡覺嗎？他們可知道兩頭狼人在屋裡？或者馬林夫婦自己也是狼人？

我想要逃走，想要逃到街上，一直跑、一直跑，跑得越遠越好。

但是我得查明關於馬林夫婦的眞相。

在找出眞相之前，我沒辦法離開。

於是我又留神觀察這兩間屋子好一會兒，但沒有任何動靜。

我離開那棵樹，快步走過馬林家雜草叢生的後院，伏在樹叢後面，凝神注視著阿姨和姨丈的家——他們臥室的窗簾是拉下的。

我屏住氣息，快步奔到馬林家臥室的窗前。我抓住窗檯，往裡頭凝視，只見一片漆黑，什麼都看不見。

「來吧，」我喃喃自語，「祝你好運，艾力克斯。」

這句英文怎麼說

牆上沒有裝飾品或鏡子。
No artwork or mirrors on the wall.

我跳上窗檯，把腿伸進屋子裡，眼睛花了好幾秒鐘才適應裡面黯淡的光線。接下來我看見的景象，讓我震驚的程度幾乎不亞於發現阿姨和姨丈是狼人。我看見屋裡空蕩蕩的一片，臥室裡完全空無一物，一件家具也沒有，牆上沒有裝飾品或鏡子，滿是灰塵的地板上也沒有鋪地毯。

我轉向臥室門口，看見兩張狼皮——它們摺得整整齊齊的，並排疊在壁櫥前面。

深深吸了一口氣後，我小心翼翼的走到敞開的門邊。我探頭到走廊裡，同樣是一片空蕩，沒有燈光。

「有人在家嗎？」我擠出微弱的聲音問道：「哈囉，有人在家嗎？」

屋裡一片寂靜。

我躡手躡腳的步下通道，往屋子前方走去，並朝每個房間裡頭瞄去。它們全都空蕩蕩的，覆蓋著一層厚厚的灰塵。

我走到客廳中央，仍舊沒有家具，沒有燈光，看起來就像是好幾年都沒有人住過一樣！

「噢……哇啊！」當我想通是怎麼一回事時，不禁喊了出來，聲音在空無一物的牆上回響著。

這裡根本沒住人……根本就沒有什麼馬林夫婦！

一切都是阿姨和姨丈虛構出來的。他們用這間房子來藏匿狼皮，並編造出馬林夫婦這一家人，好讓人們不要接近這間屋子。

沒有馬林夫婦！沒有馬林夫婦！沒有馬林夫婦……

這全都是個謊言！

我決定要警告漢娜，住在這附近的人都不安全。

一想到我阿姨和姨丈昨晚吞食那隻無助小兔的畫面，以及他們攻擊那頭幼鹿的恐怖情景……

我得告訴漢娜和她的家人，接著我們得逃離這兒，能走多遠就走多遠！

我轉過身來，快速穿過這間空曠的屋子，從臥室的窗口跳下，來到後院中。

清晨的太陽仍然像顆火紅的圓球，低低的掛在樹梢上，露珠在草葉上閃閃發光著。

這句英文怎麼說

我希望你已經醒來了。
I hope you're awake.

「漢娜，希望妳已經醒來了，」我喃喃自語著，「否則我就得把妳叫醒。」

我轉身離開馬林家的窗口，穿過後院，往漢娜家跑去。

才跑出六、七步，我就聽見瑪塔阿姨的聲音自身後響起，嚇得我倒抽一口冷氣，停下腳步。

「艾力克斯——你究竟在外頭做什麼？」

27.

我猛然轉身，膝蓋險些癱軟。

地面似乎往上傾斜，接著又陷了下去。

瑪塔阿姨站在廚房門口。

「艾力克斯，你爲什麼這麼早就起來了？現在是星期六早晨呢！」她瞇起眼睛，一臉懷疑的看著我。

「我……嗯……」我顫抖得太厲害，幾乎說不出話來。

「你這麼急著要去哪裡嗎？」瑪塔阿姨追問道。

我看見柯林姨丈出現在她身後，站在廚房裡。

「去……去漢娜家，」我好不容易出聲回道，「去跟她討論……嗯……我

這句英文怎麼說

你這麼急著要去哪裡嗎？
Where are you going in such a hurry?

們今晚去討糖果時要穿的服裝。」

我看著她的臉。

她會相信我嗎？

我不這麼認爲。

「現在跑去漢娜家太早了吧！」她責備道，並示意要我進屋。「進來吧，艾力克斯，先來吃點早餐。」

我遲疑著，腦中一片混亂。

我該拔腿就跑嗎？

跑到大街上，不停的奔跑下去？

在他們追上我之前，我能跑多遠？阿姨和姨丈都是狼人，如果他們逮到我，會怎麼對付我？

我會成爲他們的早餐嗎？

不！我決定別跑，至少不是現在。

至少要等到我有機會跟漢娜說話之後。

當我慢慢走進屋裡時，我感覺到阿姨的眼睛緊盯著我。柯林姨丈低聲道了早安，他也緊緊盯著我。

「起得真早，嗯？」他輕聲問道。

我點點頭，在早餐桌旁就座。

「瑪塔和我工作了一整夜，」柯林姨丈說著打了個呵欠。「我們拍了一些很不錯的照片。」

一派謊言！

我想要吶喊出聲。

我跟蹤了你們，看見你們做了些什麼，而且知道你們的真面目了！

但是我什麼也沒說，只是低頭看著我的玉米片。

我正和兩頭狼人一起吃早餐！

我心裡這樣想著，覺得胃部在翻攪。瑪塔阿姨和柯林姨丈整晚都在樹林裡流竄、殘殺、撕裂小動物。

我無法在這裡多坐一分鐘了！

這句英文怎麼說

我正和兩頭狼人一起吃早餐！
I'm having breakfast with two werewolves!

我準備起身，卻感覺到柯林姨丈的手按在我肩上。

「放輕鬆點，艾力克斯，先好好吃頓早飯。」他輕聲說道。

「但是，我……」

我不知道該說什麼，而且害怕得食不下嚥，更希望他把手拿開——那隻手讓我渾身抖個不停。

「今天是萬聖節，」柯林姨丈說，「你會在外頭待到很晚。」

「是呀，要好好吃頓早餐。」瑪塔阿姨也附和道。

他們看著我勉強嚥下玉米片。

兩人並沒有微笑，只是冷冷的研究著我。

我料想，他們知道我昨晚跟蹤了他們。

知道我發現了他們的祕密。

他們不會放過我的！

「嗯……我得到漢娜家去了。」我努力讓自己的聲音聽起來平靜而愉快，並將椅子往後推，站起身來。

但我感覺到柯林姨丈的手又抓住了我的肩膀。

他緊緊的抓著我，一直不放手。

「艾力克斯，跟我來。」他吩咐我。

28.

他領著我走到車庫後面，那隻手始終緊緊捏著我的肩膀。他快步走著，不發一言。

我暗暗思忖著能不能掙脫他的掌握逃走，又能夠跑得多遠？

接著，他放開了我的肩膀。

他打算要幹什麼？

「我很抱歉跟蹤了你們……」我哽著聲音，小聲說道：「我……我看見的一切不會告訴任何人的。」

他沒有聽見我說話，走到車庫的角落，拿起一把長柄工具，並把那工具遞給我。

這句英文怎麼說

他放開了我的肩膀。
He let go of my shoulder.

「今天早上我需要你的幫忙，」他說，「院子裡有好些工作要做。」

我嚥了一口口水。

「院子裡的工作？」

柯林姨丈點點頭。

「這是割草的耙子。你以前用過嗎？」

「沒有。」我說，長柄工具在我手中抖動著。

「很簡單的，我需要你幫我把車庫後面的雜草全都割掉。」

「嗯，好的。」我覺得有些茫然。

「當心別把雜草扔進馬林家的院子裡，」他提醒我，「我確定他們正在留意你的一舉一動，等著要來向我們抱怨。」

「沒問題。」我回道。

根本就沒有什麼馬林夫婦！

我眞想尖叫出聲。

「我會跟你一塊兒工作，」柯林姨丈用手背拭去額上的汗珠說，「我們一起

這句英文怎麼說

院子裡有好些工作要做。
There is a lot of yard work to be done.

來給這些雜草一點教訓，讓它們畢生難忘。」他咧嘴笑了起來，這是他今早頭一次露出笑容。

他知道我已經發現了嗎？我納悶著。

這就是他今天早上之所以把我扣留在這兒的原因嗎？

姨丈和我整天都在院子裡工作。每當我暫停休息時，都會瞥見他正用冰冷的眼神盯著我、打量我。

我害怕極了，真想丟下工具，拔腿就跑。

但在我還沒警告漢娜和她家人之前，我不能離開，他們得知道自己正身處危險之中。

一直到晚餐以後，我才見到漢娜。就在我們快要吃完晚飯時，她衝了進來。

「瞧！我看起來如何？」她問道。

漢娜穿著那身破布娃娃的服裝，快速旋轉了一圈。

「妳看起來棒極了！」瑪塔阿姨熱切的說。

漢娜對我皺皺眉頭。「艾力克斯，你的服裝呢？快點，你準備好要去討糖果

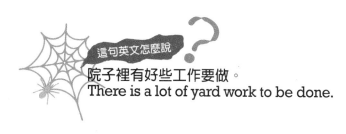

了嗎？」

「嗯……在樓上。」我對她說，「我一會兒就能搞定的，嗯……來幫幫我好嗎？」

我幾乎是一路用拖的把她拖到我房間。

「今晚很適合外出，」她說道，「出去討糖果再完美不過了，是月圓之夜。」

我把她拉進房裡，自身後關上門。

「我們麻煩大了。」我對她說。

她不經意的撥弄著垂在額頭上的破布帽子。

「麻煩？」

「是呀，柯林姨丈和瑪塔阿姨都是狼人！」

「什麼？」她的眼睛瞪得老大。「你說什麼？」

於是，我壓低聲音快速的說著，告訴她我昨晚目睹的一切。

「他們把他們的狼皮藏在馬林家的屋子裡。」我最後說道。

「但是馬林家人……」漢娜開口道。

這句英文怎麼說

他們把他們的狼皮藏在馬林家的屋子裡。
They hide their wolf skins in the Marlings' house.

「根本就沒有馬林這家人！」我喊道：「那屋子是空的，只是我阿姨和姨丈用來藏匿狼皮的地方。」

她張著嘴，驚訝的盯著我好一會兒，下巴還不住的顫抖著。

「但是……我們該怎麼辦呢？」她喘息著問道，「你阿姨和姨丈……他們像是一對大好人，一向都待我很好。」

「他們眞的是狼人！我們得告訴妳的家人，還要趕緊逃離這兒……我們得去求救，通知警察或什麼的。」

「但、但是……」漢娜氣急敗壞的說，一張臉驚恐的扭曲著。

突然，我想到了另一個主意。

「等等！漢娜，謝老師不是說過關於狼人褪掉狼皮的事嗎？他不是說，只要有人找到牠們的皮燒掉，那狼人就會被毀滅？」

漢娜點點頭。「是的，他是這麼說沒錯，但是……」

「那我們就這麼辦呀！」我興奮的喊道，「我們溜到隔壁，之後……」

「你不會想要殺死你的阿姨和姨丈吧？是不是？」漢娜問道。

「噢，不……當然不，」我對她說：「我太慌亂了，沒有好好思考，只是想到……」

「哇，等一等，艾力克斯！」漢娜抓住我的手臂喊道：「我知道我們該怎麼做了。我有個計畫，也許會管用！」

這句英文怎麼說

要是我們把狼皮藏起來呢？
What if we hide the wolf skins?

29.

我聽見瑪塔阿姨和柯林姨丈在客廳裡走動。在臥室窗外，皎潔的滿月正自樹梢後升起；一縷縷烏雲飄浮在月亮周圍，像是游動的水蛇一般。

漢娜把我往房間裡邊拉了拉。

「要是我們把狼皮藏起來呢？」她興奮的低聲問道。

「藏起來？」我也朝她低語，「那會怎樣？」

「你阿姨和姨丈會找不到狼皮，當夜晚過去，他們會無法變成狼人。」

「那麼，假如他們一整晚都沒有披上狼皮，也許魔咒就會破解了！」我喊道。

漢娜點點頭。

「這值得一試，艾力克斯，也許真的會成功呢！而且……」她停了下來。

「不，等等！我有個更好的主意——我們來穿狼皮！」

「妳說什麼？」我不由得深吸了一口氣。「穿狼皮？爲什麼？」

「因爲你阿姨和姨丈會到處尋找他們的狼皮，他們會搜尋每一棟房子、每一間車庫、每一個院子，但是他們不會在我們身上找，這是他們最想不到的地方！」

「我明白了，」我回道，「我們要想盡辦法躲得遠遠的，在天亮之前都不能讓他們看到我們。」

我不確定我們的計畫到底管不管用。漢娜和我都嚇壞了，沒法好好思考。也許……只是也許……我們能夠藉著把狼皮藏起來，直到天亮，來讓柯林姨丈和瑪塔阿姨擺脫魔咒。

「我們試試看吧！」我說。

「好，」漢娜同意道，「快點，快把你的海盜裝穿起來，我們可不想要你阿姨和姨丈起疑心。在你穿衣打扮的時候，我先溜到隔壁去套上一件狼皮。」

她把我推向我扔在床上的那堆舊衣服。

「快點，時候不早了，我們在車庫後面會合，我會把你的狼皮帶來。」

漢娜消失在門口。我聽見她走進客廳，對柯林姨丈和瑪塔阿姨道了再見，跟他們說會在外面和我會合。

我聽見前門砰的一聲關上，漢娜到隔壁去取狼皮了。

我迅速套上作爲我萬聖節服裝的破爛襯衫和長褲，又在頭上綁了一條印花大手帕。

臥室門口的一陣聲響，使我快速轉過身來。

「瑪塔阿姨！」我喊道。

她站在門口，對我皺皺眉。

「這行不通的。」她搖搖頭說。

「什麼？」我倒抽一口氣。

「艾力克斯，這行不通的……」她滿臉不悅的又說了一遍。

30.

瑪塔阿姨快步走進房裡。

我一時之間無法動彈，來不及逃跑了。

「這行不通的，你這樣打扮是不行的。」瑪塔阿姨搖著頭說，「你需要上點妝，在臉上塗點污垢，讓你的臉看起來不這麼乾淨！」

我噗哧一聲笑了起來。我還以爲瑪塔阿姨偷聽到我們的計畫，但她其實只是要幫我加強海盜裝扮！

阿姨花了幾分鐘幫我塗抹油彩，她翻找了幾個抽屜，找到一只金色的環形耳環，夾在我的耳朵上。

「瞧，這樣好多了，」她露齒一笑，說道：「現在趕緊出門吧，漢娜在等著

這句英文怎麼說
你需要上點妝。
You need some makeup.

你呢！」

我謝過她，快步出門。

漢娜的確在等著我——她站在車庫後面，已經披上了狼皮。

當我看見她時，不禁倒抽了一口冷氣——看見漢娜的雙眼從覆蓋著皮毛的狼嘴上凝望出來，感覺奇怪極了。

「你怎麼搞了這麼久？」她問道，聲音悶在毛茸茸的狼頭裡，顯得含混不清。

「是瑪塔阿姨，」我回答，「她非要幫我搞定服裝不可。」

我瞇起眼睛瞧著漢娜。

「裹在狼皮裡的感覺怎樣？」

「怪癢的，」她抱怨道，「而且很熱……你的在這兒。」

她把另一張狼皮遞給我。

「快點把它披上，月亮已經升得很高，你阿姨和姨丈很快就要來找了。」

我伸手接過狼皮，手陷進厚厚的毛皮裡，接著打開摺起的狼皮，把它舉了起來。

「這就是了，」我低聲道，「我說過萬聖節要扮成狼人的，現在如願以償了。」

「快點嘛！」漢娜催促道：「我們可不想被他們逮到。」

我把狼皮覆到頭上，再往下拉，罩在我的海盜服裝上。我感覺有點緊，尤其是毛茸茸的腿部；狼皮的臉服貼的覆蓋在我臉上。

「妳說的沒錯，好癢哦！」我抱怨著，「而且好緊，我不確定自己還能不能走路。」

「待會兒它會變鬆的，」漢娜低聲說，「快點，我們趕緊離開這兒！」

她領頭走過後院，我們轉了個彎，快步沿著她家房子的側面跑到街上。

我聽見隔壁街上傳來孩子們叫喊的聲音——「不給糖果就搗蛋！」

「我們跟別的孩子在一起也許會安全些，」我提議道，「我是說，假如我們找到一整群孩子，跟著他們……」

「好主意！」漢娜回道。

於是我們橫過馬路。

狼皮裡已經變得好熱、好熱，我可以感覺到汗珠順著額頭流淌下來。

這句英文怎麼說

待會兒它會變鬆的。
It loosens up after a bit.

我們走了好幾條街，但是大部分孩子都比我們小，我們沒有找到適合的一群可以混在其中。

我們轉過一個街角，又走了幾條街，來到下一個社區。

「嘿——瞧瞧是誰在那兒！」漢娜碰碰我的胳臂說道。

我順著她的目光看過去，看見一個木乃伊和一個機器人，拿著糖果袋走過某個人家前院的草坪。

「是史恩和阿鈞。」漢娜喊道。

「我們跟他們一起去討糖果吧！」我說，隨後邁步跑過草坪，朝著他們揮舞我的狼爪。

「嘿，夥伴！嘿——」

他們轉過身來瞪著我們。

「等等我們！」我透過長滿毛皮的尖嘴喊道。

他們尖叫起來，扔下糖果袋，用盡全速拔腿狂奔，口中不斷喊著「救命」。

漢娜和我在車道邊停下腳步，看著他們跑遠。

「也許我們嚇著他們了？」漢娜笑著說。

「或許有點吧。」我回道。

我們不禁大笑起來，但是並沒有笑上多久。

一陣沉重的、奔跑的腳步聲在我們身後的人行道上響起，我轉過身，看見阿姨和姨丈正狂怒的沿街奔來，我不禁驚呼一聲。

「他們在這兒！」柯林姨丈指著我們喊道，「快抓住他們！」

這句英文怎麼說

我呆立片刻。
I froze for a moment.

31.

我呆立片刻，看見瑪塔阿姨和柯林姨丈如此憤怒、如此拚命的奔向我們，我眞是嚇壞了。

「別跑！」瑪塔阿姨懇求道：「我們需要那兩張皮！」

我的雙腿拒絕移動。

但是漢娜用力推了我一把，於是我們兩人都跑了起來。

我們狂亂的奔跑著，穿過一片片草坪和空地。我們從某個人家的屋後繞了過去，又鑽過他們籬笆的縫隙。

瑪塔阿姨和柯林姨丈緊追在後，用盡全速一邊跑著，一邊叫喊。

「把狼皮還給我們！把狼皮還給我們！」

他們氣喘吁吁的叫聲在我耳中回響。

呼喊聲變成了一種詭異的吟唱。

「把狼皮還給我們！把狼皮還給我們……」

我們一定跑過了好幾條街，身旁的景物全都變成一團模糊的暗影。

沉重的狼爪砰砰有聲的落在地上，我努力保持平衡；在狼皮底下，汗水在我臉上流淌著。

我們又轉了個彎，跑過一個個黑暗的後院。接著，森林邊緣那些傾斜、糾結的樹木出現在我們眼前。

漢娜和我鑽進樹林裡。

在樹木和長草之間狂奔。

瑪塔阿姨和柯林姨丈仍然緊追不捨，口中聲聲叫喚，呼喊著那句急切的懇求：「把狼皮還給我們！把狼皮還給我們……」

我們慌亂的爬上一座長著常綠樹的低矮山丘，松果在我沉重的腳步下滑動，滾落小丘。

這句英文怎麼說

彷彿整個世界停止了旋轉。
As if the whole world had stopped spinning.

漢娜絆了一跤，雙膝一軟跪倒在地，手腳並用的爬上了山頂。

「把狼皮還給我們！把狼皮還給我們……」

呼喊聲變得更尖銳、更急促了。

突然間，一切似乎都停止了。

彷彿整個世界停止了旋轉。

在小丘頂上，彷彿連風都停止吹拂了。

我感覺到那種寂靜。

柯林姨丈和瑪塔阿姨停止了呼喊。

漢娜和我喘著氣，轉過身來面對他們。

「月亮……」漢娜指著天空，氣喘吁吁的對我低語：「那輪滿月，艾力克斯，它升得好高，一定是升到頂點了。」

當她低聲說出這些話時，瑪塔阿姨和柯林姨丈突然跪倒在地，仰起頭來。當銀白色的月光灑在他們臉上，我看見他們的痛苦、他們的恐懼……

他們張開嘴巴，發出一聲長長的哀號。

他們的哀號變成淒厲的尖叫，兩人緊閉雙眼，雙手撕扯著自己的頭髮，不斷的尖叫著，痛苦的尖叫著——

「漢娜——我們到底做了什麼？」我不禁喊道。

這句英文怎麼說

你們將我們從魔咒中解放出來！
You freed us from the curse!

32.

瑪塔阿姨和柯林姨丈撕扯著頭髮，不斷尖叫著。

接著，他們低下頭來，闔上嘴巴，一種平靜似乎瀰漫過他們身上。

當漢娜和我往下凝望他們時，柯林姨丈和瑪塔阿姨彼此攙扶著站了起來——

他們互相拂去塵土，整理自己的頭髮。

直到他們終於抬起頭來望著我們時，我看見他們眼中泛著淚光。

「謝謝你們。」他們同時喊道。

「謝謝你們救了我們！」柯林姨丈說道。

「接下來，他們跑上山丘擁抱我們，欣喜若狂的擁抱我們。

「你們將我們從魔咒中解放出來！」瑪塔阿姨說道，淚珠滾落她的臉頰。「月

亮升到了天頂，而我們卻沒有變身，柯林和我不再是狼人了！」

「我們該怎樣感謝你們呢？」柯林姨丈喊道，「你們兩個都好棒、好勇敢。」

「而且好熱！」我抱怨道，「我迫不及待要脫下這件癢死人的狼皮了！」

每個人都笑了起來。

「我們回家去吧！」瑪塔阿姨說，「我們要好好慶祝一番！」

我們四個人快步走回家。

一路上大家有說有笑，樂不可支。

柯林姨丈和瑪塔阿姨從廚房門走進屋裡。

「自製的甜甜圈，」瑪塔阿姨快樂的說道，「還有大杯的熱巧克力！聽起來如何？」

「聽起來很棒！」漢娜跟我附和著。

漢娜正要跟著他們走進屋子，但是我拉住了她。

「我們先把狼皮丟到隔壁去，以後沒人會再需要了。我們把它扔到那間廢棄的屋子裡吧！」

這句英文怎麼說

怎麼這裡還有一件狼皮？
How can there be a wolf skin in here?

她遲疑了一下，似乎害怕回到那間黑暗空曠的屋子。

但是我已經往馬林家的屋子跑去，等不及要脫掉這身又熱又難聞的狼皮了。

我爬上窗檯，把腿伸進開著的臥室窗戶，跳進房間裡，蒼白的月光照在光禿禿的地板上。

漢娜跟著我跳進屋裡。

「艾力克斯——」她喊道。

我動手去扯掉這身厚重的狼皮，但是櫥櫃旁邊的某樣東西吸引住我的目光。

我停下動作，往那東西走去，發現一件摺好的狼皮正擺在牆邊的地板上。

「啊？」我驚呼一聲，轉向漢娜。

「怎麼這裡還有一件狼皮？」我問道，「不是只有兩件嗎？妳穿了一件，又給了我一件。」

漢娜走近我身邊，雙眼緊盯著我的眼睛。

「我穿的這件並不是從這屋子裡拿的，艾力克斯……」她輕聲說道，「我是穿我自己的，昨晚我才剛剛得到一件。」

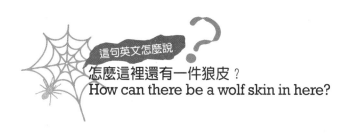

「妳說什麼？我不明白……」

「你會明白的。」她低聲說。

她用沉重的前爪把我推倒在地，尖利的牙齒一口戳進我的胸膛……

幾件行李？
How many suitcases?

有人來接你嗎？
Someone picking you up?

聽起來像是趟愉快的旅程！
Sounds like a fun trip.

我們會把所有的看家本領全都教你。
We'll teach you all our secrets.

我想是一時閃神了。
Guess I just was not concentrating.

你為什麼要嚇唬他？
Why do you want to scare him?

總是在旅行。
Always traveling.

不要問關於他們的問題！
Don't ask questions about them!

她也念六年級。
She is in sixth grade too.

你喜歡攝影？
You are into photography?

我們到樹林裡去吧。
Let's go to the woods.

我不想到那兒去。
I don't want to come over there.

樹本來就是活的。
Trees are alive.

那隻蜂鳥難道不知道夏天已經結束了嗎？
Doesn't that hummingbird know summer is over?

你們的臉會讓我作惡夢。

Your faces give me nightmares!

他們對望了一眼。

They exchanged glances.

這台相機真的很貴。

It's a really expensive camera.

我們野狼溪狼人已經夠多了。

We have enough werewolves in Wolf Creek.

你煮的湯最好喝了。

You make the best soup!

我來幫你沖洗那些照片。

I'll help you develop these shots.

我幾乎和一個真正的狼人面對面。

I'd be nearly face-to-face with a real werewolf.

我並不是世界上最整潔的人。

I'm not the neatest person in the world.

多麼邪惡、可怕的叫聲。

Such an ugly, frightening sound.

我把相機放在那兒的。

I left the camera there.

我聞到瑪塔阿姨的花香香水。

I could smell Aunt Marta's flowery perfume.

我得離開這兒！

I've got to get out of here!

我沒穿衣服。

I'm not dressed.

但是晚上樹林裡很不安全。

But the woods are not safe at night.

至少我走的是對的方向。
At least I am heading in the right directions.

我怎麼會把它忘在那兒呢？
How could I have forgotten it there?

我閉上眼，想像正在我眼前發生的事。
I shut my eyes, picturing what was happening right in front of me.

那怪物還在追我嗎？
Was the creature still chasing me?

我拍掉頭髮上的小樹枝。
I shook twigs from my hair.

我抬頭凝望著天空。
I gazed up at the sky.

我胡亂猜了一個方向。
I took a guess on which direction to go next.

這是什麼野獸做的呢？
What kind of animal did this?

我朝光圈彎下身子，想要看得清楚些。
I bent into the light to see them better.

柯林姨丈不高興的搖搖頭。
Uncle Colin shook his head unhappily.

你昨晚在外面做什麼？
What were you doing outside last night?

馬林家並沒有狗。
The Marlings don't have any dogs.

我看見其中一隻德國牧羊犬。。
I saw one of the German shepherds.

他們看起來就像整夜沒睡似的。
They look as if they'd been up all night.

- 這是一個無法破解的魔咒。
  It is a curse that cannot be removed.
- 他們的舉止為什麼這麼古怪？
  Why are they acting so weird?
- 想要拍到貨真價實的狼人照片嗎？
  Want to take photos of a real werewolf?
- 你看起來好恐怖喲！
  You look dreadful!
- 讓我們先睹為快。
  Let's have a preview.
- 狼人的照片一定會獲勝的！
  A photo of a werewolf would definitely win!
- 我可不想讓他們聽見我偷溜出去。
  I didn't want them to hear me sneak out.
- 我把臉貼近鐵條，往外張望。
  I moved my face up close to the bars and peered out.
- 在黑暗中，我無法分辨清楚。
  I couldn’t see clearly in the darkness.
- 我不喜歡被關在籠子裡！
  I don't like being in a cage!
- 漢娜的幽默感可真怪異。
  Hannah has a twisted sense of humor.
- 昨天午夜，他們並沒有在樹林裡等我。
  They didn't wait for me in the woods at midnight.
- 你是喉嚨不舒服還是怎麼了？
  Do you have a sore throat or something?
- 這一次，我有了準備。
  This time, I was prepared.

這就是我為什麼要拍照。

That's why I want to take photos.

這不是遊戲，它真的很危險。

It's not a game. It's really dangerous.

院子幾乎像白天一樣明亮。

The yard was nearly as bright as day.

兩個身影站在地上伸展肢體。

Two forms stood on the ground and stretched.

我舉起相機。

I raised the camera.

我想像自己登上報紙和雜誌的封面。

I pictured myself in newspapers and on magazine covers.

但是我現在有兩個理由要追蹤他們。

But now I had two reasons to chase after them.

我的叫聲在樹梢回響著。

My cry echoed off the trees.

沒有時間逃跑了。

No time to run.

我閃到一棵大樹幹後面，屏住呼吸。

I slid behind a fat tree trunk and held my breath.

我只剩下幾張底片了。

I had only a few shots left.

我看著阿姨和姨丈疊好他們的狼皮。。

I watched my aunt and uncle fold up their wolf skins.

牆上沒有裝飾品或鏡子。

No artwork or mirrors on the wall.

我希望你已經醒來了。

I hope you're awake.

你這麼急著要去哪裡嗎？
Where are you going in such a hurry?

我正和兩頭狼人一起吃早餐！
I'm having breakfast with two werewolves!

他放開了我的肩膀。
He let go of my shoulder.

院子裡有好些工作要做。
There is a lot of yard work to be done.

他們把他們的狼皮藏在馬林家的屋子裡。
They hide their wolf skins in the Marlings' house.

要是我們把狼皮藏起來呢？
What if we hide the wolf skins?

艾力克斯，這行不通的。
Alex, it won't work.

你需要上點妝。
You need some makeup.

待會兒它會變鬆的。
It loosens up after a bit.

我呆立片刻。
I froze for a moment.

彷彿整個世界停止了旋轉。
As if the whole world had stopped spinning.

你們將我們從魔咒中解放出來！
You freed us from the curse!

怎麼這裡還有一件狼皮？
How can there be a wolf skin in here?

雞皮疙瘩系列 22
狼人皮

原 著 書 名——Werewolf Skin
原 出 版 社——Scholastic Inc.
作　　　者——R.L. 史坦恩（R.L.STINE）
譯　　　者——孫梅君
責 任 編 輯——劉枚瑛、何若文
文 字 編 輯——艾思

國家圖書館出版品預行編目 (CIP) 資料

狼人皮 / R. L. 史坦恩 (R. L. Stine) 著 ; 孫梅君　譯 .
-- 2 版 . -- 臺北市 : 商周出版 : 家庭傳媒城邦分公司發行 ,
民 105.03 192 面 ; 14.8 x 21 公分 . -- (雞皮疙瘩系列 ;22)
譯自 :Werewolf Skin.
ISBN 978-986-92880-4-0(平裝)
874.59　　105002964

版　　　權——翁靜如、吳亭儀
行 銷 業 務——林彥伶、石一志
總　編　輯——何宜珍
總　經　理——彭之琬
發　行　人——何飛鵬
法 律 顧 問——台英國際商務法律事務所 羅明通律師
出　　　版——商周出版
臺北市中山區民生東路二段 141 號 9 樓
電話：(02) 2500-7008 傳真：(02) 2500-7759
E-mail：bwp.service @ cite.com.tw
發　　　行——英屬蓋曼群島商家庭傳媒股份有限公司城邦分公司
臺北市中山區民生東路二段 141 號 2 樓
讀者服務專線：0800-020-299 24 小時傳真服務：(02)2517-0999
讀者服務信箱 E-mail：cs @ cite.com.tw
劃 撥 帳 號——19833503 戶名：英屬蓋曼群島商家庭傳媒股份有限公司城邦分公司
訂 購 服 務——書虫股份有限公司客服專線：(02)2500-7718；2500-7719
服務時間：週一至週五上午 09:30-12:00；下午 13:30-17:00
24 小時傳真專線：(02)2500-1990；2500-1991
劃撥帳號：19863813 戶名：書虫股份有限公司
E-mail：service@readingclub.com.tw
香港發行所——城邦（香港）出版集團有限公司
香港 灣仔 駱克道 193 號東超商業中心 1 樓
電話：(852) 2508-6231 傳真：(852) 2578-9337
馬新發行所——城邦（馬新）出版集團
Cité(M) Sdn. Bhd. 41, Jalan Radin Anum,
Bandar Baru Sri Petaling, 57000 Kuala Lumpur, Malaysia.
電話：(603)9057-8822 傳真：(603)9057-6622
商周出版部落格——http://bwp25007008.pixnet.net/blog
行政院新聞局北市業字第 913 號

美 術 設 計——王秀惠
印　　　刷——卡樂彩色製版有限公司
經　銷　商——聯合發行股份有限公司 新北市 231 新店區寶橋路 235 巷 6 弄 6 號 2 樓
電話：(02)2917-8022 傳真：(02)2911-0053

■ 2004 年（民 93）04 月初版
■ 2021 年（民 110）01 月 12 日 2 版 2 刷
■ 定價 / 199 元

ISBN 978-986-92880-4-0

Printed in Taiwan
城邦讀書花園
www.cite.com.tw

廣　告　回　函
北區郵政管理登記證
台北廣字第000791號
郵資已付，免貼郵票

104 台北市民生東路二段 141 號 9 樓
城邦文化事業（股）有限公司
商周出版 收

請沿虛線對摺，謝謝！

Goosebumps
雞皮疙瘩

商周出版

書號：BG7062　書名：狼人皮　編碼：

商周出版

讀者回函卡

謝謝您購買我們出版的書籍！請費心填寫此回函卡，我們將不定期寄上城邦集團最新的出版訊息。

姓名：______________________ 性別：□男 □女

生日：西元 ________ 年 ________ 月 ________ 日

聯絡地址：______________________

聯絡電話：______________________ 傳真：______________________

E-mail：______________________

學歷：□1.小學 □2.國中 □3.高中 □4.大專 □5.研究所以上

職業：□1.學生 □2.軍公教 □3.服務 □4.金融 □5.製造 □6.資訊
□7.傳播 □8.自由業 □9.農漁牧 □10.家管 □11.退休 □12.其他
____

您從何種方式得知本書消息？
□1.書店 □2.網路 □3.報紙 □4.雜誌 □5.廣播 □6.電視 □7.親友推薦
□8.其他 ______________________

您在哪裡購買本書？
□1.金石堂（含金石堂網路書店） □2.誠品 □3.博客來 □4.何嘉仁
□5.其他 ______________________

您喜歡閱讀的小說題材是？
□1.浪漫 □2.推理 □3.恐怖 □4.歷史 □5.科幻/奇幻 □6.冒險
□7.校園 □ 8.其他 ______________

您最喜歡的小說作家？
華人：______________ 國外：______________

最近看過最好看的小說是哪一本？
____

Goosebumps®

Goosebumps®